50

JAHRE LENOS

www.lenos.ch

Kaouther Adimi

Dezemberkids

Roman

*Aus dem Französischen übersetzt
und mit einem Nachwort versehen
von Regina Keil-Sagawe*

Lenos Verlag

Die Übersetzerin

Regina Keil-Sagawe, geboren 1957 in Bochum, arbeitete nach ihrem Studium der Romanistik und der Germanistik als Universitätsdozentin und Kulturjournalistin. Seit rund dreissig Jahren übersetzt sie maghrebinische Belletristik, u. a. von Mahi Binebine, Boualem Sansal, Yasmina Khadra, Azouz Begag, Leïla Marouane, Albert Memmi, Driss Chraïbi, Cécile Oumhani und Youssouf Amine Elalamy; Lyrik u. a. von Habib Tengour und Mohammed Dib. Als Mitglied der Weltlesebühne e. V. organisiert und moderiert Regina Keil-Sagawe Übersetzungslesungen und leitet Workshops zu literarischen Übersetzungen. Sie lebt in Heidelberg.

Die Übersetzung aus dem Französischen wurde vom SüdKulturFonds in Zusammenarbeit mit Litprom e. V. – Literaturen der Welt unterstützt.

Dieses Buch erscheint im Rahmen des Förderprogramms des französischen Aussenministeriums, vertreten durch die Kulturabteilung der französischen Botschaft in Berlin.

INSTITUT FRANÇAIS
Deutschland

Der Lenos Verlag wird vom Bundesamt für Kultur mit einem Strukturbeitrag für die Jahre 2016–2020 unterstützt.

Titel der französischen Originalausgabe:
Les petits de Décembre

Erste Auflage 2020

Satz und Gestaltung: Lenos Verlag, Basel
Umschlagfoto: Hibiki Nakata / Shutterstock
Printed in Germany
ISBN 978 3 03925 000 4

Für Koteb, eines von den Kids.

Der Junge suchte.
Nach einem Weg, kaum angedeutet.
Tastend kam er voran.

Da verlor sich der Pfad.
Im Regen ertränkt.
Und der Regen, er fiel.

Mohammed Dib,
L'Enfant-jazz

Plan der Cité du 11-Décembre-1960
in Dely Brahim, Algier

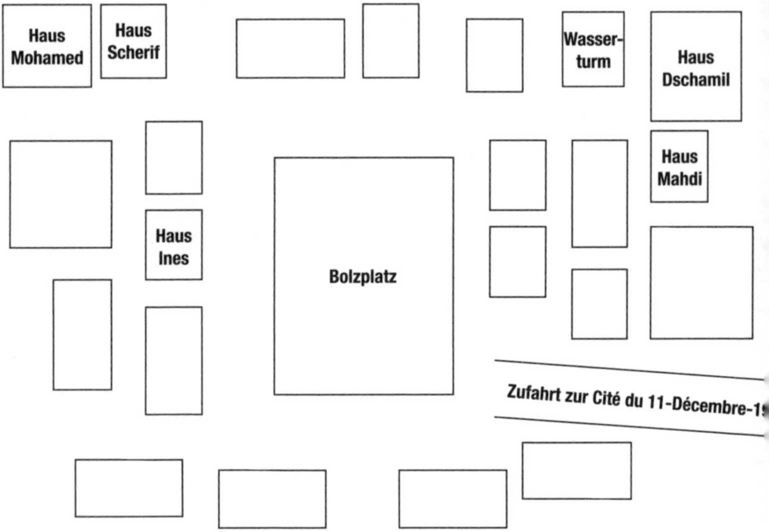

1

Algier im Februar. Sturmböen, Nieselregen, sinkende Temperaturen. Die Stadt ertrinkt, ertränkt ihre Einwohner gleich mit. Überall Schlamm, man hat Mühe zu laufen. Zögert, ob man überhaupt aus dem Haus gehen soll, nie ist man warm genug angezogen. In den Bussen ist es eisig, die Klassentüren knallen im Luftzug, weil die Fensterscheiben zerbrochen sind, und die auf den Terrassen ausgespannten Laken sind wasserdurchtränkt.

Der Himmel verhangen, mit Wolken grau und schwer vom Regen, der schon bald so manche Stadt im Land überfluten wird. In den Bäumen ein Knacken und Knarren, das die Passanten in Angst versetzt. Die Vögel verstummt. Patschnass kehren die Kinder von der Schule zurück, mit schlammverschmiertem Schuhwerk.

Im Stadtzentrum kommen die Autos nur mühsam voran. Die Polizisten haben durchsichtige Regenmäntel über ihre blauen Uniformen gestreift. Sie versuchen, den Verkehr in halbwegs geordnete Bahnen zu lenken. Aber sind sie wirklich zu etwas nutze? Sind sie hilfreicher als eine gewöhnliche Ampel? An der Antwort ist nichts zu deuteln, hundert Prozent der Algerier glauben, dass die Polizei das heillose Verkehrschaos in der Weissen Stadt eher verursacht denn behebt. Das wissen auch die Polizisten, deshalb sind sie ständig leicht gereizt. Zur Verkehrsregelung versetzt zu werden gilt als Strafe, als Demütigung. Der unbedeutendste Vorgesetzte kann seinen Untergebenen beim geringsten Verdruss dazu verdonnern, sich wochenlang an einem Kreisel die Beine in den Bauch zu stehen, mitten im Winter oder im Hochsommer bei drückender Hitze.

Auf Höhe der Schlucht der Wilden Frau hat sich eine riesige Schlange gebildet. Die Autofahrer sind nervös. Es wird geflucht, was das Zeug hält. Man kommt nur millimeterweise voran. Auf dem Rücksitz halten die Kinder durch die beschlagenen Scheiben hindurch Ausschau nach dieser berühmten Wilden Frau, die sie so fasziniert. Im 19. Jahrhundert soll sie hier mit ihren zwei Kindern gelebt haben, die sie nach dem Tod ihres Mannes alleine aufzog. Eines Tages, als besonders schönes Wetter war, brach die kleine Familie zum Picknick in das Wäldchen am Oued Kniss auf. Die Kinder trieben sich gar zu gern dort herum. Sie wussten, sie durften sich nicht in die Nähe der hochgefährlichen Schlucht begeben, aber es waren keine sehr artigen Kinder, sie tobten gern und balgten herum. Die Mutter, erschöpft, hielt kurz im Schatten eines Baums Siesta. Als sie aufwachte, waren die Kinder weg!

Nachbarn, Freunde, Gendarmen suchten die ganze Gegend ab. Bei Einbruch der Nacht unterbrach man die Suche. Die Mutter weigerte sich, nach Hause zu gehen, schrie sich weiter die Seele nach ihren lieben Kleinen aus dem Leib. Und verlor den Verstand. Niemand vermochte sie je dazu zu bewegen, den Wald zu verlassen.

Man erzählt sich, dass man sie an manchen Abenden noch immer sehen kann, am Rande der Schlucht. Wer sie erblickt hat, der schwört, dass sie in Lumpen gehüllt durchs Ruisseau-Viertel irrt. Man muss auf der Hut sein, darf sich ihr nur auf Zehenspitzen nähern, denn sobald sie einen entdeckt oder das leiseste Geräusch vernimmt, flüchtet sie hinter dichtes Gestrüpp.

Die Regentropfen, die um die Wette über die Wagenscheiben rinnen, trüben die Sicht; selbst mit weit aufgerissenen Augen gelingt es den Kindern nicht, dort die Silhouette der Wilden Frau zu entdecken. Die Strassen sind ein einziger Albtraum. Das Gehupe hallt in der allgemeinen Gleichgültigkeit wider. Die Fahrzeuge kommen nur mühsam voran, und die Fahrer, die entnervt sind, angespannt und erschöpft, fahren am Ende über Bürgersteige und Rettungswege.

Ab und zu macht ein Polizist von seiner Trillerpfeife Gebrauch und rudert heftig mit den Armen, *»Los! Los! Weiterfahren!«*, oder er winkt, wenn er gerade schlecht drauf ist, ihm die Nase eines Fahrers oder Beifahrers nicht passt, den armen Kerl mit knapper Geste an den Strassenrand, was dann noch weitere Staus zur Folge hat. Dann hebt ein langer Handel an zwischen Fahrer und Polizist, der nicht selten im Entzug des Führerscheins mündet. Wenn der arme Teufel einen in der Familie hat, der bei der Polizei, der Gendarmerie, der Armee oder auch nur im Rathaus arbeitet, darf er hoffen, ihn schnell zurückzubekommen. Andernfalls wird sein Leben zur Hölle, denn in Algier ohne Auto voranzukommen ist kaum möglich.

In diesem Februar 2016 hofft man im ganzen Land, es möge keine verheerenden Überschwemmungen, keine Toten geben. Hofft, dass die Ernte nicht in den Fluten versinkt. Der Regen ist ein Segen Gottes, der Gedanke ist niemandem fremd, und ein jeder stimmt dem zu, aber im Lauf der Tage erweist sich dieser Segen als zunehmend lästig, zäh und beschwerlich.

In manchen Regionen hat der Regen ganze Dörfer überschwemmt. Die Strassen sind mit Ästen, Schrott, Blech und Abfall übersät. Die Busse, die sonst die entlegenen Weiler mit der nächsten Stadt verbinden, müssen für unbestimmte Zeit den Betrieb einstellen, was die Erwachsenen um ihre Arbeit, die Kinder um ihren Schulbesuch bringt. Aus dem Landesinneren hat das Fernsehen Bilder von Fahrzeugen übertragen, die von reissenden Schlammfluten fortgeschwemmt wurden. Die Leute jammern, dass der Staat keine Unterstützung schickt und wie so wenig Regen das ganze Land lähmen kann, aber kein Mensch wagt es, allzu lautstark den Regen zu kritisieren. Er ist das Werk Gottes.

Doch ein wenig Angst hat man schon. Man hat das Hochwasser des Jahres 2001 nicht vergessen, das das Bab-el-Oued-Viertel zerstört, fast tausend Todesopfer gefordert und Millionen von Dinar verschlungen hatte. Mancher Körper wurde nie wiedergefunden, und die Kinder von damals, heute junge Erwachsene, hoffen noch immer, selbst nach so vielen Jahren, auf die Rückkehr von Vater oder Mutter.

Anstelle von Gräbern Hunderte von Geschichten.

In der Cité du 11-Décembre in Dely Brahim legen mehrere Männer grosse auseinandergeklappte Pappkartons vor ihren Häusern aus, um einen halbwegs trockenen Zugang zu haben. Am Vortag war Adila, eine im ganzen

Viertel bekannte Mudschahida, also eine ehemalige Unabhängigkeitskämpferin, im Schlamm ausgerutscht, und nun tut sie keinen Schritt mehr ohne ihren Gehstock. Das Rathaus weigert sich trotz der zahlreichen Bürgerproteste, die kleinen Strassen, die zu den Häusern führen, zu asphaltieren. In ordentlichem Zustand, weil regelmässig gewartet, sind nur die Strassen zu den Anwesen der Generäle.

Die Cité du 11-Décembre gibt es seit 1987. Anfangs umfasste sie 111 Parzellen, auf denen zum Teil schon die Häuser der einstigen Kolonialherren standen. Man kann sie leicht unterscheiden: Sie haben nur eine Etage, die modernen Bauten dagegen zwei oder drei.

Sämtliche Grundstücke wurden an Angehörige der Armee verkauft, ohne dass man die Siedlung deshalb je als »Militärsiedlung« bezeichnet hätte. Zu den erwähnten 111 Parzellen kamen später 74 weitere hinzu. In der Mitte dieses Ensembles, gegenüber dem Haus von Adila, liegt ein rund anderthalb Hektar grosses Terrain, unter dem bis zum Jahr 2010 die Gasleitungen verliefen.

Welche Pläne hatten der Stadtplaner, der Architekt oder der damals zuständige Funktionär wohl für dieses grosse Terrain gehabt? Vermutlich wollten sie dort Bäume pflanzen, ein paar Spielplätze anlegen, dazu Sitzbänke und hier und da eine Bahn fürs Pétanque-Spiel der Rentner. Nichts von all dem geschah, man überliess es sich selbst. Ebenso wenig wurden die kleinen Strassen asphaltiert, die zu den rund hundert Häusern führen. Die Stadt weigerte sich zu zahlen, mit der Begründung, das Verteidigungsministerium habe die Siedlung ja in

Auftrag gegeben, und dieses machte sich nie die Mühe, auf die Anfragen einiger Soldaten zu antworten, die, an Disziplin und Respekt vor der Institution gewöhnt, stets sehr höfliche Schreiben verfassten, in wenig eindringlichem und schon gar nicht drohendem Ton.

Und so blieb das Terrain über Jahre hinweg einfach Brachland. Hin und wieder liessen sich dort ein paar streunende Hunde sehen. Doch nie sah man kleine Mädchen beim Seilspringen oder Gummitwisten, nirgendwo Schaukeln, nirgends Ruheständler, die gemächlich ihre Pétanque-Kugeln schoben. Nichts als ein dreckiges, an Regentagen verschlammtes, den Rest des Jahres über staubtrockenes Gelände voll Geröll und Felsgestein, dazu loses Gestrüpp, das im Winde trieb, der winters mächtig wehen konnte, und ein paar herrenlose Mülltonnen.

Eines Tages, vor vielleicht zwanzig Jahren, machte sich eine Gruppe von Kids daran, das Gelände zu säubern, Tore zu improvisieren, Grenzen abzustecken und sich einen Bolzplatz einzurichten. Und seit nunmehr (vielleicht nicht ganz) zwanzig Jahren wird der Platz von den Kindern und Jugendlichen der Siedlung, aber auch denen aus dem Viertel und der näheren Umgebung zum Kicken genutzt, in Zigtausenden von Matchs mittlerweile. Oh, ein Fussballplatz, wie er im Buche steht, ist es nicht. Den grünen Rasen, die exakten Linien, die Netze im Tor, all das kann man vergessen. Auf den ersten Blick sieht er wie ein Stück Brachland aus. Aber nur auf den ersten Blick.

2

Am 2. Februar 2016 preschen zwei vielleicht zehnjährige Jungs, Dschamil und Mahdi, im strömenden Regen über die grosse Brache in der Cité du 11-Décembre-1960. Sie spielen sich den Ball zu und versuchen, nicht auszurutschen. Einer der beiden steckt in einem grossen Juventus-T-Shirt, der andere hat ein Trikot der algerischen Nationalmannschaft über seinen dicken, grässlich kratzenden Rollkragenpulli gestreift, in den seine Mutter ihn gezwängt hat. Sie nähern sich dem hinteren Rand des Feldes, wo die elfjährige Ines in einem riesigen weissen T-Shirt mit dem Logo der algerischen Armee in einem Tor aus Brettern und Backsteinen steht. Ein altes weisses Bettlaken wurde gespannt, um die Bälle zu halten. Von ferne, sich im Winde blähend, sieht es aus wie ein grosses Gespenst.

Ines hört, wie Dschamil und Mahdi sich etwas zurufen, aber sie ist zu weit weg, um das Geringste zu verstehen, und das Rauschen des Windes verzerrt ohnehin jeden Ton.

Die drei Kids sind glücklich über den Dauerregen, der seit letzter Woche anhält. Ihm ist es zu verdanken, dass die Jugendlichen das Feld geräumt haben, das sie normalerweise mit ihren Grossturnieren tagelang in Beschlag nehmen. Für den Moment hat der Regen sie verjagt.

Sie sitzen zu Hause, im Warmen, vor ihrem Computer. Ines, Dschamil und Mahdi fürchten weder Regen noch Schlamm.

Wenn sie spielen, stellen sie sich vor, sie seien auf einem echten Fussballplatz mit grüner Rasenfläche und Toren, wie man sie im Fernsehen sieht. Die Erwachsenen, die mit ihren Pappkartons zugange sind und ihnen lächelnd zuschauen, sind ihnen egal. Manche feuern sie an, noch schneller zu laufen, mit leicht spöttischem Unterton. Den Kindern macht das nichts aus, denn sie sind von einer rasenden Menge umringt, die ihre Vornamen skandiert: »Mah-di! Mah-di! Dscha-mil! Dscha-mil! I-nes! I-nes!« Mit dem Ball am Fuss saust Mahdi los, quer durchs halbe Stadion, ihm wachsen Flügel. Er spielt den Ball Dschamil zu, der ihn aufnimmt und das Tor anvisiert. Jeden Augenblick kann er hinknallen, immer glitschiger wird der Schlamm, doch er hält die Balance und stösst einen kleinen Schrei der Genugtuung aus, als er es bis kurz vors Tor geschafft hat.

Der Wind legt zu, die Kinder sind klatschnass, doch komplett ins Spiel vertieft.

Dschamil stoppt jäh, zwei Meter vor Ines, die mit vorgebeugtem Oberkörper dasteht und die Arme weit auseinanderreisst. Er zögert. Ines, den Pony mit der Haarspange nach hinten geklemmt, zieht die Brauen hoch. Der Regen prasselt. Mahdi brüllt: »Los, mach 'nen Treffer!« Dschamil versucht, alles auszublenden, das Geräusch der Regentropfen, das Schmatzen seiner Sneakers im Schlamm, die anfeuernden Zurufe seines Freundes, das hochkonzentrierte, gerötete Gesicht von Ines, er schliesst die Augen, macht sie wieder auf und … schiesst. Auf den Rängen springen die imaginären Zuschauer mit angehaltenem Atem von ihren Sitzen. Mahdi stösst einen gewaltigen Schrei aus. Ines schnellt vor und bekommt den Ball im Flug zu fassen, bevor sie auf die Knie fällt. Sie springt wieder auf, dreht sich einmal um sich selbst und macht das Victoryzeichen. Ein strahlendes Lächeln erhellt ihr braunes Gesicht.

»Oh, verdammt!«, flucht Dschamil.

Auf den imaginären Rängen jubelt die rasende Menge: »I-nes! I-nes! I-nes!« Kameraschwenk, Nahaufnahme von Ines, die den Ball an die Brust presst.

Es ist 18 Uhr, und endlich hört es auf zu regnen. Es ist schon dunkel.

Die Kinder gehen zu Ines nach Hause. Dazu müssen sie nur das Gelände verlassen und die kleine Strasse überqueren. Sie öffnen das schmiedeeiserne Gartentor, und schon stehen sie vor Jasmin und Adila, Ines' Mutter und Grossmutter, die regensicher unter einem Vordach vor der Haustür, einer ganz massiven Holztür, sitzen. Jasmin mit der Kippe, Adila mit einer Tasse Tee in der Hand, beide in wattierten Morgenmänteln. Die drei Kids säubern ihre verschmierten Sneakers auf dem Hof, während die beiden Frauen sie gutgelaunt fragen, wie das Spiel gelaufen ist. Ines erzählt, wie es ihr gelungen ist, den Torschuss zu verhindern. »Ich war mir so sicher, dass Dschamil in die rechte Ecke zielen würde, ich weiss nicht, warum, ich hatte halt so ein Gefühl und hab mich schon ein bisschen zur Seite gebeugt, und dann merkte ich im letzten Moment, dass er nach links linste, und konnte im selben

Augenblick, in dem er schoss, loshechten und den Ball abfangen. Die beiden waren ganz grün vor Wut!«

»Waren wir gar nicht!«, protestieren Dschamil und Mahdi im Chor. Die Frauen lachen und klatschen Ines Beifall. Adila niest, ein Zeichen, dass sie dringend ins Haus zurückmuss. Jasmin drückt ihre Zigarette im Tontopf vor der Haustür aus und folgt ihrer Mutter nach drinnen.

Und jetzt ist es Mahdi, der sich über seinen Freund amüsiert: »Dschamil, du hast vielleicht ein Gesicht gemacht, als du gesehen hast, dass Ines den Ball gehalten hat.«

»Stimmt doch gar nicht! Und ausserdem hab ich nur mit halber Kraft geschossen.«

»Von wegen«, ruft Ines. »Klar wolltest du den Ball ins Tor kriegen, dein Gesicht war krebsrot, ausserdem hast du kurz davor die Augen geschlossen, was sollte das denn? Hast du gebetet?«

»Jetzt halt aber mal die Luft an!«

Im Wohnzimmer schaltet Adila den Fernseher ein, um wie jeden Abend die Nachrichten von Canal Algérie zu sehen. Die Sprecherin, eine grosse Blondine mit knallroten Lippen, redet von der baldigen Fertigstellung einer neuen Sozialsiedlung am Stadtrand. Mit strahlendem Lächeln verkündet sie, dass bald Tausende von Familien topmoderne Wohnungen bekommen werden.

Adila wettert: »Und kein Wort davon, wie schwierig das wird, ohne Auto oder gescheiten Nahverkehr zur Arbeit zu kommen? Das ganze Land habt ihr euch einverleibt, ihr Ganoven, und jetzt teilt ihr Brosamen aus!«

Durch das offene Küchenfenster hört man den Regen, der wieder zu pladdern anfängt. All diese Geräusche haben doch etwas Beruhigendes – anders als die Stille, die seltsamerweise sehr lärmend sein kann, denkt Jasmin. Natürlich war es idiotisch von ihr, andauernd solche Angst zu haben. Jasmin weiss das und erzählt keinem Menschen davon.

Wenn sie abends heimkommt, hat sie immer Angst, das Haus leer vorzufinden. Ihre Mutter ist trotz ihres Alters viel unterwegs. Vor zwei Jahren hat sie einen Verein für Frauen gegründet, die Opfer häuslicher Gewalt geworden sind. Und ihre Tochter lässt, wenn sie nicht gerade Schule hat, kein einziges Fussballmatch in der Siedlung aus, ständig sitzt sie am Feldrand und schaut zu.

Sobald sie die Haustür geöffnet hat, tastet Jasmin im Dunkeln nach dem Schalter, den sie ganz schnell drückt, um die Finsternis, die bösen Geister oder die Monster zu vertreiben. Während der paar Sekunden zwischen dem Moment, in dem sie heimkommt, und dem, wenn das Licht angeht, hat sie den Eindruck, es ringsum flüstern zu hören, und sie könnte schwören, dass sich in den Winkeln des Hauses die entsetzlichsten Kreaturen ducken, unter den Tischen, den Stühlen, im Badezimmer, und nur darauf warten, auf sie zuzukriechen. Das Licht vertreibt all die seltsamen Wesen ins Obergeschoss, wo sie sich unter den Betten verstecken. Manchmal stellt sie sich vor, dass das Licht nicht angehen will, die Tür hinter ihr ins Schloss fällt und das Geflüster laut und lauter wird, ihr entgegenschiesst und sie verschlingt. Dann pocht ihr Herz heftig, sie spürt, wie ihr die Haare zu Berge stehen, und hätte sie vor der Lächerlichkeit nicht noch mehr Angst als vor den unsichtbaren Monstern, sie würde laut schreiend davonrennen.

Die verrückte Alte, die im Nebenhaus wohnt, die zahnlose Alte mit ihrem hennaroten, zum Kranz geflochtenen Haar fängt immer hämisch zu kichern an, wenn Jasmin ihr über den Weg läuft: »Ein Haus voll Frauen, das muss ja böse Geister anlocken! Ein Haus voll Frauen, das muss ja die bösen Geister anlocken!«

Natürlich ahnt die Familie nichts von Jasmins Ängsten. Was sollte denn Ines, ihre elfjährige Tochter, denken, wenn sie wüsste, dass ihre Mutter sich vor Monstern fürchtet, die unter Möbeln lauern, und dass sie das Haus nicht betreten kann, ohne gleich das Licht anzuknipsen? Ines, die, ohne zu zögern, mitten in der Nacht aufsteht, um ein Glas Wasser zu holen. Und was würde Adila, ihre Mutter, sagen, die noch nicht einmal volljährig war, als sie sich heimlich dem FLN anschloss, die für ein unabhängiges Algerien kämpfte und bedenkenlos der nächtlichen Ausgangssperre trotzte?

Die Stimmen der Kinder reissen sie aus ihren Gedanken. Sie verabschieden sich voneinander, lachen, flüstern sich Geheimnisse zu, lachen wieder hell auf. Seit der ersten Klasse kennen sich die drei. Jasmin ist froh, dass ihre Tochter so gute Freunde hat. Als sie selber klein war, war sie nur von dummen und noch dazu eingebildeten Puten umgeben.

Mit ihren nun blitzblanken Sneakers laufen die Jungs vorsichtig über die von den Erwachsenen zuvor ausgelegten Kartonstege. Sie wissen, wenn sie mit sauberen

Schuhen nach Hause kommen, dürfen sie, wann immer sie wollen, wieder raus zum Spielen.

Ines läuft zu ihrer Mutter in die Küche, um ihr bei den Vorbereitungen fürs Abendessen zu helfen. Jasmin nimmt eine Pfanne aus dem Regal, während ihre Tochter den Salat aus dem Kühlschrank holt.

Jasmin macht das Radio an und dreht an mehreren Knöpfen, bevor sie auf Jazzmusik stösst. Sie stellt den Ton lauter. Mutter und Tochter bewegen sich lachend im Takt. Die Glühbirne in der Küche beginnt zu flackern. Jasmin wird bleich, doch sie sagt nichts und wartet ab. Das Licht hört auf zu flimmern. Die junge Frau kann sich entspannen. Adila sitzt noch immer vor dem Fernseher. Sie brummelt, grummelt, regt sich auf und macht sich Notizen in ein schwarzes Heft, das sie seit einigen Wochen mit sich herumträgt. In einer Ecke der Küche pickt der Goldfink der Familie in seinem Napf nach Körnern, die er knackt, während er den beiden Tänzerinnen zuschaut.

Ein paar Strassen weiter isst Dschamil mit seinen Grosseltern zu Abend, einem pensionierten General und dessen Frau, bei denen er seit dem Tod seines Vaters lebt, der 2007 bei einem Bombenattentat ums Leben kam. Seiner Mutter war es nicht gelungen, das Sorgerecht für den Sohn zu bekommen, der damals gerade mal ein Jahr alt war. Der Grossvater, vor Kummer halb verrückt, wollte den Enkelsohn in der Nähe haben. Es brauchte nur einen Telefonanruf, und das ganze System, bestehend aus Richtern, Politikern, Militärs, Geschäftsleuten, diese seltsame Maschinerie, die Tausende von Männern auf allen Verantwortungsebenen des Landes umfasst, setzte sich in Gang, um die Interessen des Generals zu wahren. Und so zog Dschamil, damals noch ein Baby, im Haus seiner Grosseltern ein und sah fortan seine Mutter nicht mehr, ausser zwei-, dreimal im Jahr unter Aufsicht des Chauffeurs.

Zur selben Zeit schaufelt Mahdi seine Tomatensuppe in sich rein. Neben ihm, im Rollstuhl, sein Vater, der im November 1999 beide Beine verloren hat. Eine Mine, von Terroristen in Baraki gelegt, einem Stadtteil im Südosten von Algier. Er war frisch verheiratet und kaum dreissig Jahre alt, als die Bombe explodierte, nur ein paar Zentimeter von ihm entfernt. Seine Frau, eine der wenigen Frauen beim Militär, befand sich gerade im Armeekrankenhaus, sie hatte einen angeschossenen Kollegen dorthin begleitet, als sie erfuhr, ihr Gatte sei ebenfalls eingeliefert worden. Unterhalb vom Knie ging nichts mehr.

An diesem 2. Februar 2016 verschwinden alle drei Kinder pünktlich um 21 Uhr im Bett, wie an jedem anderen Abend auch.

3

Wie ist es passiert? So sollten die Jugendlichen im Viertel fragen, die nicht dabei waren, als es geschah. Jussef, Anfang zwanzig, würde dann bis ins Detail den Vormittag des 3. Februar 2016 beschreiben, der ein Mittwoch war.

Es war wieder ein Regentag und vielleicht 10 Uhr morgens. Eine schwarze Limousine mit getönten Scheiben fuhr vor, hielt am Rand des Bolzplatzes der Cité du 11-Décembre in Dely Brahim. Schon seit Tagesanbruch regnete es, in dichten Schnüren. Der Chauffeur stieg eilig aus, mit zwei geöffneten Regenschirmen bewaffnet, die er den beiden Insassen hinhielt, die aus dem Wagen kletterten.

Der Erste, General Saïd, war ein Mann von kleinem Wuchs mit klar konturiertem Schnauzbart, er trug eine kantige Brille mit getönten Gläsern. Er hatte glattes schwarzes Haar, ansatzweise grau meliert und straff nach hinten gebürstet, mit Seitenscheitel.

Jussef würde hinzufügen, dass etwas Eisiges von ihm ausging, das sich kaum beschreiben liesse. Er würde stammeln: »Wisst ihr, wie wenn man eine Schlange sieht, keine fette Schlange, keine Boa oder so, aber eine ganz kleine, die dich auf eine Art ansieht, dass du vor Angst wie gelähmt bist und Gänsehaut bekommst.«

Die anderen Jugendlichen, die an jenem Morgen dabei waren, nicken lebhaft.

»Ein Typ, der einem nicht geheuer ist«, würde einer von ihnen ergänzen.

Der Zweite, General Athman, war ein glatzköpfiger Riese mit buschigen Augenbrauen. Er war ganz glatt rasiert, der erste Armeeangehörige ohne Schnauzbart, den Jussef in seinem Leben sah. Er hatte ein feines, maliziöses Lächeln, das ihn selbst auf dem Höhepunkt der Schlägerei nicht verliess. Knapp siebzig dürften die Generäle sein, würde Jussef abschliessend noch bemerken, und in einer trotz ihres Alters phantastischen Verfassung, und beide hatten sie dunkle Anzüge und schwarze Wollmäntel an.

Nachdem er ihnen die Schirme gereicht hatte, zog der Chauffeur sich wieder hinter sein Steuer zurück, wo er reglos verharrte. Die beiden Männer betraten den Bolzplatz. In aller Ruhe setzten sie ihre Schritte, wie beim Spaziergang. Nach ein paar Metern blieben sie stehen und zogen Pläne aus ihren Taschen.

»Wir sassen nicht weit weg und rauchten. Wir haben zu ihnen hinübergeschaut, weil es so seltsam war, wie sie da standen, mitten im Schlamm, im strömenden Regen«, fuhr Jussef fort.

Keiner der beiden Generäle achtete auf Adila, die ehemalige Mudschahida, die sie vom Fenster ihres Hauses aus beobachtete. Rasch warf sie einen Mantel über ihr Kleid, schlüpfte barfuss in ihre Schuhe, ohne nach Strümpfen oder Socken zu suchen, griff nach ihrem Gehstock und war husch, husch die paar Treppenstufen in ihrem alten Haus hinunter, öffnete die Tür, noch ein paar Stufen, und schon stiess sie das schmiedeeiserne Gartentor, das sie nie abschloss, auf und humpelte auf die beiden Generäle zu, wobei ihre Füsse tief in die feuchte Erde einsanken. Ihr rechtes Bein tat ihr höllisch weh, seit sie vor ihrem Haus so gestürzt war.

Adila war klein und brünett und hatte einen Kurzhaarschnitt. Im Algerienkrieg hatte sie mit der Waffe in der Hand gegen die Franzosen gekämpft, und während der Jahre des Terrorismus hat sie weitergekämpft. Die Kids vom Bolzplatz kennen sie gut, sie feuert sie oft von ihrem Fenster aus an und wirft ihnen immer gern die Bälle zurück, wenn sie wieder einmal hinter ihrer Gartenmauer landen.

»Guten Morgen, meine Herren.«

Die Generäle erwidern ihren Gruss mit breitem Lächeln und einem warmherzigen *»salam«*.

»Ich bin General Athman, und das hier ist mein guter Freund, General Saïd.«

»Ich bin Adila.«

General Athman hält ihr seinen Schirm hin: »Nehmen Sie ihn, Madame, Sie werden sich noch erkälten.«

»Nein, danke, vor ein bisschen Wasser ist mir nicht bange, aber Sie machen sich Ihre schönen Schuhe schmutzig. Was führt Sie denn hierher?«

General Saïd lächelt ihr zu. Er ist so klein, dass er sie kaum um ein paar Zentimeter überragt. Adila hat schon von ihm gehört. Die Hälfte der Geschichten, die über ihn in Umlauf sind, fangen mit diesem eiskalten Lächeln an.

»Wir wollten unser Grundstück in Augenschein nehmen. In ein paar Monaten gehen die Bauarbeiten los. Deshalb sind wir hier, und wir haben unsere Baupläne dabei. Ich freue mich, Sie bald als Nachbarin zu haben,

Madame Adila. Ich bin einer Ihrer grossen Bewunderer. Sie haben so viel geleistet für unser Land.«

Ein höhnisches Kichern lässt sie alle drei herumfahren. Lautlos hat sich die alte rothaarige Nachbarin genähert. Ihr gelbes Kleid klebt nass an ihrem Körper, modelliert deutlich Brüste und Po. Sie zeigt mit dem Finger auf die Generäle und kreischt: »Man will euch hier nicht! Man will euch hier nicht!«

Adila versucht, sie schnell vom Bolzplatz wegzuziehen. Jussef und seine beiden Freunde sehen, wie sie näher kommt. Rasch werfen sie ihre Zigaretten weg, drücken sie mit dem Fuss aus.

Die verrückte Alte in Adilas Schlepptau kichert noch immer: »Sie nehmen ihn euch weg, alles nehmen sie euch weg! Dann gibt es hier gar nichts mehr! Alles werden sie euch wegnehmen, alles! Ihr werdet schon sehen, die werden uns verschlingen mit Haut und Haar!«

»Und was ist dann passiert?«, bestürmen die Jugendlichen ungeduldig Jussef.

»Na, dann haben wir losgelegt! Alle drei. Und dann ist es schnell aus dem Ruder gelaufen.«

Der eine der beiden, die dabei waren, als es hoch herging, bestätigt: »Wir mussten uns doch wehren. Sie haben uns provoziert.«

Und der andere ergänzt: »Und dieser Angsthase von Chauffeur hat die Gendarmen zu Hilfe gerufen. Da meinte Jussef, es wäre besser, wenn wir uns vom Acker machten, während er und die Mudschahida Adila weiter auf die Generäle eindroschen.«

»Ich wollte nicht, dass die Gendarmen euch verhaften! Ihr seid nicht aus der Siedlung. Ich hatte Angst, dass ihr am Ende wegen unserem Bolzplatz Probleme bekommt. Und eure Eltern hätten sie auch mit hineinziehen können.«

»Dir können sie aber auch Schwierigkeiten machen.«

Jussef zuckt nur mit den Achseln.

4

Wie ist es passiert? So sollten die pensionierten Militärs am Abend des 3. Februar ihre Freunde, Oberst Mohamed und Oberst Scherif, fragen, die den Streit zwischen den Generälen und den Jugendlichen miterlebt hatten. Sämtliche Männer, die da am Rand des Stadions stehen, sind hochrangige Offiziere, Oberst oder Oberstleutnant. Alle in den Sechzigern, nennen sie sich selbst »die jungen Pensionäre« und warten geduldig, dass auch für sie die Stunde an der Spitze des Staates schlägt. Der Armee haben sie, sobald sie konnten, nach ungefähr dreissig Dienstjahren den Rücken gekehrt. Die meisten von ihnen hatten sich gleich nach dem Abitur dort verpflichtet, um ihr Studium zu finanzieren und beim Aufbau des Landes mit dabei zu sein. In den siebziger Jahren machte die Armee jungen Leuten das Angebot, ihnen für die Dauer ihres Studiums ein monatliches Gehalt zu zahlen, als Gegenleistung für fünfundzwanzig Jahre Dienstverpflichtung ohne jede Möglichkeit, vorzeitig auszuscheiden. Kaum waren sie im Ruhestand, haben sie sich gleich wieder Arbeit gesucht. Im Geschäftsleben, an der Universität oder indem sie eigene Consultingfirmen gründeten.

An diesem Mittwochabend im Februar sind es ihrer ein halbes Dutzend, die sich da um Mohamed und Scherif scharen. Alle beben sie vor Ungeduld, eine köstliche

Anekdote witternd, die Mundwinkel schon spöttisch verzogen, gieren sie nach Einzelheiten. Sie bedrängen Mohamed und Scherif wie Kinder, die vor dem Einschlafen auf ihrer Gutenachtgeschichte bestehen.

Und die beiden Männer lassen sich nicht lange bitten.

»Wir wussten gleich, dass das nur Generäle sein konnten, selbst wenn wir zu weit weg waren, um sie zu erkennen. Gepanzerte Limousine, ein Chauffeur, der ihnen die geöffneten Regenschirme hinhielt, ihr seht schon, was ich meine«, würde Mohamed erklären.

»Die klassischen Kennzeichen halt«, würde Scherif nachschieben.

Mohamed und Scherif sind alte Freunde. Sie kennen sich seit ihrer Zeit auf dem Gymnasium in Constantine. Beide waren sie dort im Internat, sind dann zusammen zum Studium nach Algier gegangen, haben am gleichen Tag den Vertrag mit der Armee unterzeichnet und ihn am Abend desselben Tages gemeinsam begossen, haben im Abstand von einigen Monaten geheiratet und sind beide mit dem Grad eines Obersten in den Ruhestand gegangen, vor ungefähr zehn Jahren war das.

Seitdem unterrichten sie einige Stunden wöchentlich an der Universität und treffen sich täglich, um durchs Viertel zu schlendern. Gemeinsam diskutieren sie über Gott und die Welt, reden über ihre ärmliche Kindheit in den Dörfern im Osten des Landes, ihre Zeit in der Armee, den jahrelangen Kampf gegen den Terrorismus während der Schwarzen Dekade, die unglaubliche Bürokratie der Armee, die kleinen Demütigungen durch die Chefs, die Eifersüchteleien mancher Kollegen, die weniger Diplome als sie vorweisen konnten, die vielen Soldaten, die im Kampf ihr Leben liessen, die Kälte in den Kasernen während der Grundausbildung, die Entbehrungen, den beruflichen Aufstieg, der zwar langsam, aber am Ende dann doch kam. Schliesslich haben sie die Armee mit einem der höchsten Dienstgrade verlassen, und nicht selten übergehen sie die traurigen Episoden, erinnern sich lieber an die Regimentswitze, die Freundescliquen oder das Ende des Terrorismus, das auch, ja, vor allem an das Ende des Terrorismus.

Mohamed hat aus freien Stücken den Dienst quittiert, kaum dass er mit dem Bau seines Hauses fertig war, der ihn mehr als fünfundzwanzig Jahre in Atem hielt. Scherif dagegen hat lange gezögert, den Antrag zu stellen, obwohl er die reguläre Dienstzeit längst erreicht hatte und es ihm freistand zu gehen. Einige Monate nach seiner Verabschiedung hat Mohamed dann den Freund angerufen, um ihn zu überzeugen, dass es auch für ihn an der Zeit sei, ins zivile Leben zurückzukehren: »Wenn du zu lange wartest, wird die Armee dich entlassen, und das steht dann für immer so in deinen Papieren.«

»Ich weiss, aber ich bin noch nicht so weit.«

»Bei mir steht ›auf eigenen Wunsch aus dem Dienst ausgeschieden‹. Ich bin ein freier Mann, nicht wie diese Militärs, die warten, bis man sie rauswirft, und die dann den Rest ihrer Tage damit verbringen, total deprimiert im Offizierskasino herumzuhängen.«

»So werde ich niemals enden!«

»Über die, die den Absprung nicht schaffen, macht man sich lustig, und ich will nicht, dass es dir ebenso geht. Warte bloss nicht zu lange, sonst werden sie dich am Ende noch demütigen. Und weisst du, wie es dann weitergeht?«

»Ja ... sie werden mir eines Morgens ein Schreiben schicken, um mir mitzuteilen, dass ich meine Sachen packen, meine Dienstmarke abgeben, meinem Chauffeur ade sagen und mein schönes Häuschen binnen drei Monaten räumen muss.«

»Genau so, und in diesen drei Monaten musst du dich komplett neu organisieren, musst eine Wohnung und eine neue Arbeit finden, denn dein Ruhegehalt wird dir kaum genügen, all das ...«

»Ich weiss, aber ich bin jetzt dreissig Jahre bei der Armee, was sollte ich denn im zivilen Leben mit mir anfangen?«

»Weisst du, Scherif, ich kenne Leute, die lebten in ihrer Dienstvilla wie du und fanden sich über Nacht im Ruhestand wieder, mit der Auflage, sich schleunigst zu verziehen. Du musst in die Gänge kommen. In Dely Brahim, gleich neben meinem, ist ein Haus zu verkaufen, der Mann ist gestorben, die Frau braucht dringend Geld und will das Haus, so schnell es geht, abstossen.«

»Ich weiss nicht, ob ich mir das leisten kann, in Dely Brahim zu leben.«

»Leih dir Geld von irgendwem, du wirst es zurückzahlen. Ich werde dich mit der Witwe in Kontakt bringen, sie ist ein wenig deprimiert und sehr einsam, ihre Kinder leben in Kanada und sind noch nicht mal zur Beerdigung des Vaters zurückgekommen! Sie hat keine Ahnung, was das Haus wirklich wert ist, ich bin sicher, du wirst es zu einem guten Preis erstehen können. Und im Zivilsektor gibt es unendlich viele Möglichkeiten für junge Armeepensionäre, die seriös sind wie wir, dazu diplomiert und perfekt zweisprachig. Da findet man immer Arbeit!«

Und Scherif beantragte die Versetzung in den Ruhestand und zog zu Mohamed nach Dely Brahim.

Immer wenn sie über Politik reden oder die Regierung kritisieren wollten, gingen sie spazieren, kreuz und quer durchs Viertel. Sie wussten ja, sie wurden abgehört, überwacht, beschattet. Es kam vor, dass sie den Wagen eines Typen vom Geheimdienst gerade gegenüber ihrem Zuhause entdeckten. Den grüssten sie dann jedes Mal. Und der arme Kerl antwortete auch jedes Mal, ein wenig verlegen, aber nicht wirklich böse, enttarnt worden zu sein. Eines Tages schlug Mohamed ihm lachend vor: »Wenn du willst, geb ich dir eine Kopie meines Terminkalenders, dann ist es für dich leichter, mir zu folgen, wenn ich wegfahre. Ich habe nichts zu verbergen, das kannst du deinen Vorgesetzten mal ausrichten!«

Seit ihrer Rückkehr ins zivile Leben geniessen Scherif und Mohamed es, frei von der Leber weg reden zu können, das hat ihnen in all den Jahren bei der Armee doch sehr gefehlt. Sie haben die Zähne zusammengebissen, Karriere gemacht, hohe Dienstgrade bekleidet, dabei immer fest überzeugt, sie hätten sich insgeheim den rebellischen Geist ihrer Jugend bewahrt und seien gegen das System gefeit, sie gehörten ja nicht wirklich dazu. Als sie dann im Ruhestand waren und ihre Häuser in der Cité du 11-Décembre in Dely Brahim bezogen hatten, engagierten sie sich nach und nach in Oppositionsparteien, meldeten sich dort lautstark zu Wort, um alle wissen zu lassen, dass es einen politischen Wechsel brauche. »Jetzt sind wir an der Reihe«, wiederholten sie ein ums andere Mal im Verlauf ihrer zahllosen Spaziergänge. »Ja, bald sind wir dran.« Und dieses »Wir« umfasste die Männer ihrer Generation, die vor der Unabhängigkeit geboren waren und noch immer nicht ihren Platz in der Gesellschaft gefunden hatten, weil die noch Älteren sie daran hinderten. Dieses »Wir« war mehr als ein vager Traum. Es war ein Versprechen, ein Schwur. Eines Tages, davon waren Mohamed und Scherif überzeugt, würden diese Älteren das Feld räumen und ihren Platz an sie abtreten müssen.

An diesem 3. Februar, als General Saïd und General Athman auf dem Bolzplatz eintrafen, blieben die beiden Freunde auf Abstand und diskutierten weiter über die bevorstehenden Wahlen. Mohamed, der gerade eine Oppositionspartei gegründet hatte, redete seinem Freund zu, dort Mitglied zu werden. Es war ihm gelungen, ehemalige Minister, pensionierte Militärs, Universitätsprofessoren und zwei noch aktive Richter für seine Partei zu gewinnen. Scherif zögerte. Er mochte das Leben, wie es gerade war, ganz gerne und fürchtete eventuelle Repressalien gegenüber seiner Frau und den Kindern. Und ausserdem hatte er soeben einen lukrativen Vertrag als Kommunikationsberater bei der Provinz Constantine abgeschlossen. Wenn er jetzt in die Partei seines Freundes eintrat, würde der Gouverneur ihm dann nicht den Vertrag wieder kündigen? Das Geld konnte er gut gebrauchen, in Dely Brahim zu leben überstieg seine Mittel, doch das traute er sich seinem Freund nicht zu sagen.

Erst als sie immer heftigeres Geschrei vernahmen, hatten Mohamed und Scherif den Blick wieder dem Bolzplatz zugewandt und die Jugendlichen gesehen, die sich da mit den Generälen schlugen. Auch Adila war unter ihnen, die Mudschahida, die mit ihrer Krücke auf die beiden Männer einschlug, angefeuert von der Verrückten mit dem roten Haar: »Nur zu! Auf den Rücken! Auf den Hintern! Spalte ihnen den Schädel!« Die Szene kam ihnen so surreal vor, dass sie sekundenlang erstarrten und sich fragten, ob sie nicht Opfer einer Halluzination waren.

Dann aber spurteten sie los.

»Wir haben versucht, uns zwischen die Jugendlichen und die Generäle zu werfen«, erklärte Mohamed.

»Genau, versucht haben wir es, aber es war ganz schön kompliziert«, pflichtete Scherif ihm bei.

»Wir hatten Mühe, zu verstehen, was eigentlich los war. Am Anfang waren da nur ein paar Jugendliche, darunter mein Sohn Jussef, und ich habe ihn von dort weggedrängt, so gut ich konnte.«

»Er war wie besessen, *ya Si* Mohamed!«

»Ja, ich weiss nicht, was in ihn gefahren war …«

»Dann haben die Generäle ihre Waffen gezogen.«

»So war es, wir haben gesehen, wie sie die Waffen zogen.«

»Der Chauffeur ist im Wagen geblieben, er wirkte völlig verschreckt, der Feigling.«

»Aber dann hat er sein Handy genommen und wild herumtelefoniert.«

»Einer der Generäle hat einem der Jugendlichen einen ganz gemeinen Fusstritt verpasst!«

Unisono entfuhr allen Mündern tadelndes Gemurmel.

»Schämen sollten sie sich!«

»Man tritt keinen Mann unter der Gürtellinie, selbst wenn man General ist.«

Scherif fuhr fort: »Und dann bekam Jussef die Waffe des einen Generals zu packen, die der direkt auf ihn angesetzt hatte! Verzeih, Mohamed, aber dein Sohn hat da wirklich Bockmist verzapft.«

»Ich weiss … dabei ist es gar nicht seine Art, sich zu schlagen …«

»Ja, normalerweise ist er ein ganz besonnener Junge.«

»Du weisst doch, wie die Jungs heute so sind, hängen den ganzen Tag im Internet herum und denken am Ende, sie hätten das Recht, zu tun, was sie wollen.«

Die versammelte Männerschar drängte die beiden, die Geschichte weiterzuerzählen.

»Die beiden Generäle waren sehr überrascht, dass es meinem Sohn gelungen war, sich der Waffe zu bemächtigen.«

»Sie hatten gedacht, der blosse Anblick der Pistolen würde alle zur Räson bringen.«

Mohamed fügte erregt hinzu: »Die drei Jugendlichen haben das ausgenutzt, um sich auf die Generäle zu stürzen!«

»Es war unglaublich!«, bestätigte Scherif.

»Sie haben sie beleidigt! Sogar ihre Mütter haben sie beleidigt!«

»Die alte Adila hat gar nicht mehr aufgehört, mit ihrer Krücke auf die Generäle einzudreschen. Sie war schon ganz rot im Gesicht und konnte sich kaum noch auf den

Beinen halten, wegen ihres Knöchels und dem ganzen Schlamm.«

»Und dazu dann noch die Verrückte mit dem roten Haar, die auf einmal anfing, unsinniges Zeug zu kreischen. Uns war gar nicht wohl in unserer Haut.«

»Und dann sahen wir die Gendarmen anrücken.«

»Mein Sohn Jussef hat seine Freunde gewarnt und sie weggeschickt. Das waren Jugendliche aus dem Cheraga-Viertel. Er hatte Angst, die Gendarmen könnten sie sich am Ende noch schnappen. Ihre Eltern sind einfache Sekundarschullehrer ...«

»Die Gendarmen haben Jussef und die alte Adila abgeführt. Die rothaarige Verrückte wäre am liebsten auch mit zur Gendarmerie gekommen, aber niemand wollte sich mit ihr abgeben.«

Die Militärs schütteten sich jetzt vor Lachen aus: »Die Generäle haben die Waffe gezogen, stellt euch das mal vor!«

»Ja, aber auf die Jugendlichen hat es gar keinen Eindruck gemacht.«

»Das hat den Generälen aber mal gutgetan, so eine kleine Abreibung!«

»Und die alte Adila mit ihrer Krücke, die auch mit dreingeschlagen hat!«

»Na klar, der Alten, der darf man nicht in die Quere kommen.«

»Die versteht keinen Spass!«

»Das hätte ich mal sehen wollen!«

Zwar stimmt Mohamed ins Gelächter seiner Freunde mit ein, denn er will ja Haltung zeigen, aber insgeheim macht er sich langsam Sorgen um seinen Sohn, der noch immer nicht heimgekommen ist. Er ist ihm nicht nachgelaufen, wütend, wie er war, über das Benehmen des jungen Mannes, aber je mehr Zeit verstreicht, umso weniger optimistisch sieht er den kommenden Dingen entgegen.

Hat man in Algerien je Generäle erlebt, die einer Revolte mit Wohlwollen begegnet wären?

5

Wie ist es passiert? So sollten die Gattinnen der beiden Generäle fragen, als diese wütend und gedemütigt nach Hause kamen. Und die Frage regte sie nur noch mehr auf.

General Saïd antwortete nicht gleich und ging erst mal in den Garten, ein paar Zigaretten rauchen. Seine Frau lief ihm nach und wartete brav auf der steinernen Bank, dass ihr Mann sich beruhigte. Doch der schäumte vor Wut, während er durch den Garten seiner grossen Villa tigerte und »diese Rowdys, diese Schufte, diese Terroristen« verfluchte.

General Athman dagegen trommelte seine Gattin und alle fünf Kinder im Wohnzimmer zusammen. Er wollte die ganze Familie um sich haben, bevor er berichtete, was passiert war. So machte er es immer.

Und irgendwann begannen sie dann beide zu erzählen.

Nach einstündiger Fahrt waren sie schliesslich auf dem Grundstück angekommen, einer Stunde Fahrt für eine Strecke, für die man normalerweise dreissig Minuten brauchte, aber dieser elende Regen, dazu der Schlamm und vor allem die Unfähigkeit der Algerier, anständig Auto zu fahren, das hatte halt alles verzögert. »Scheissland!«, rief General Saïd. Seine Frau nickte zustimmend. Als sie dann auf ihrem Grundstück eintrafen, und jeder General betonte mit Nachdruck: *»auf MEINEM Grund-*

stück«, achteten sie weder auf die alte Dame, die mit ihrem Krückstock um sie herumschlich, noch auf die zwei ins Gespräch vertieften Spaziergänger weiter hinten und noch viel weniger auf die Jugendlichen, die rauchend unter dem Vordach eines Hauses sassen, nur ein paar Meter von ihnen entfernt, doch die sie kaum wahrnahmen.

»In Wahrheit« – nüchtern gab Saïd es zu – »waren wir leichtsinnig. Wir haben uns reinlegen lassen wie blutige Anfänger.«

»Das kommt aber selten vor, dass du so wenig wachsam bist«, wunderte sich die Ehefrau.

»Ja, das soll mir eine Lehre sein, Pack versteckt sich überall, selbst bei den Kindern hoher Offiziere.«

Wenn die Generäle sich so in Sicherheit gewiegt hatten, dann auch, weil die meisten Häuser rings um die Freifläche ja im Besitz von Armeeangehörigen sind. Hier leben sie, zusammen mit ihren Kindern und Kindeskindern. Und hat einer mal sein Haus verkauft, dann an Ärzte, Architekten, Firmenchefs.

»Wir dachten, dass wir hier ganz unter unseresgleichen sind«, erklärte Athman seinen Kindern, »das soll uns eine Lehre sein. Traut niemandem, selbst dem nicht, der euch ähnlich ist. Saïd und ich hatten gedacht, dass wir dort in einem absolut sicheren Viertel sind.«

Beide Generäle waren ehrlich überrascht von dieser Attacke, gegen die sie so gar nicht gewappnet gewesen waren. Vielleicht hatte genau das sie am meisten schockiert. Was für ein Glück, dass der Chauffeur gleich den Sicherheitschef erreicht hatte und die Gendarmen so schnell vor Ort waren, aber den Jugendlichen blieb trotzdem noch genug Zeit, über sie herzufallen. Der Griff nach der Waffe war purer Selbstschutzreflex, aber rückblickend hat das die Jungs natürlich nur noch mehr aufgebracht.

In den rund fünfzig Jahren, die sie im Dienst ihres Landes verbracht hatten, hatten beide Generäle Zeit genug gehabt, sich eine grosse Zahl von Feinden zu machen, die sämtlich polizeilich erfasst sind, sämtlich abgehört, überwacht, beschattet werden. Unter ihnen politische Gegner, ganz klar, dazu ein paar Militärs, Minister, Kleinkriminelle, Journalisten, Nachbarn und sogar Mitglieder der eigenen Familie oder jener ihrer Frau.

Saïd und Athman empfangen regelmässig Berichte über ihre Feinde und die Lage im Land. Überzeugt, in Gefahr zu schweben, verwenden sie nur selten ihr verschlüsseltes Telefon, lassen Ermittlungen anstellen über jede Person, die Kontakt zu ihren Kindern hat, und kontrollieren regelmässig, ob ein Freund, ein Familienmitglied oder ein Hausangestellter ihnen nicht vielleicht eine Wanze ins Haus geschmuggelt hat. Müssen sie miteinander oder mit ihrer Frau über Geld, Transaktionen, Geschäfte oder ihre Auslandskonten reden, dann gehen sie in den Garten und verständigen sich im Flüsterton.

Nur die wenigsten wissen, wer General Saïd wirklich ist. Geburtstag, Geburtsort, Studium Fehlanzeige, man weiss einfach gar nichts über ihn. Selbst die engsten Kollegen wissen so gut wie nichts über diesen kleinen Mann, der ein Meister der Geheimhaltung ist. Und so weiss auch kein Mensch, dessen ist er sich sicher, dass er als Kind davon träumte, Tänzer zu werden, dass er null religiöse Prinzipien besitzt und ein Liebhaber der russischen

Literatur ist, die er während seiner von der algerischen Armee finanzierten Ausbildung an der Seekriegsakademie in Leningrad kennenlernte, wo man ihm übrigens den Spitznamen »Knirps« verpasste.

General Saïd war einer der Drahtzieher der Säuberungen in den Neunzigern. Er hat verbissen jede Form von Islamismus bekämpft und darüber gewacht, dass alle Studenten mit Bart beschattet, belauscht, vorgeladen und durch die Mangel knallharter Verhöre gedreht wurden. Nie kamen ihm Zweifel an Sinn und Zweck der ihm von weiter oben anvertrauten Mission: den islamistischen Bewegungen im Land den Garaus zu machen.

Er ist ein überaus eleganter, immer gutgekleideter Mann. Seine Massanzüge lässt er in Italien schneidern, seine drei Kinder leben dank staatlicher Stipendien in Frankreich.

Es wird gemunkelt, dass General Saïd Anteile an mehreren Unternehmen des Landes hält. Dass in puncto Business in Algerien kein Weg an ihm vorbeiführt und dass jeder in der Entourage der Minister und des Präsidenten ihm auf die eine oder andere Art verbunden ist. Doch das am besten gehütete Geheimnis betrifft seinen Gesundheitszustand: Seit fast einem Jahr nagt der Krebs an ihm, und er erwägt den baldigen Wechsel in den Ruhestand. Dann wird er seine grosse Dienstvilla für den Nachfolger räumen müssen.

Und General Athman hat früher mal in England Jura studiert, finanziert von der algerischen Armee. Er ist eine stattliche Erscheinung, jemand, der seinen Charme mit Erfolg einzusetzen weiss, das genaue Gegenteil von seinem Freund, General Saïd.

Was keinem klar ist: Athman hat nie ein Diplom gemacht. Er hat seine Universitätsjahre in den Londoner Pubs verbracht und damit, Mary, einer jungen Engländerin, nachzustellen, die ihn von heute auf morgen sitzenliess. Mitte der siebziger Jahre kam er nach Algerien zurück, und die Armee nahm ihn mit offenen Armen auf. Er zeigte ein gefälschtes Diplom vor und bekam einen Posten im juristischen Dienst. Er heiratete ein Mädchen aus seinem Dorf und hatte Mary und London im Nu vergessen. Seinem Bruder gab er den Rat, ein Tiefbauunternehmen zu gründen, und schanzte ihm dank seiner Kontakte die grössten Baustellen des Landes zu.

Heute nennt er eine Wohnung in Genf sein Eigen und ein Hotel in Spanien, das auf den Namen seiner Frau eingetragen ist, dazu Gemälde grosser Meister, die er in seiner Pariser Wohnung versteckt, die auf den Namen eines seiner Kinder eingetragen ist, und zwei gepanzerte Limousinen. Dank seinem Schwager, dem Zolldirektor, kann er problemlos alles, was er will, über die Grenzen bringen und kassiert regelmässig die beschlagnahmte Ware ein.

Seine fünf Kinder wohnen bei ihm, selbst wenn die Ältesten, seine drei Söhne, schon verheiratet sind und jeder ein eigenes Kind hat. Athman legt Wert darauf, dass die ganze Sippe zusammenbleibt. Und niemand beklagt sich darüber.

Einmal im Monat erhält der General Besuch von einer Seherin, die den Faden der Zeit vor ihm entrollt. Sie nennt ihm die Daten, an denen er aufpassen muss, die Tage, an denen er sorglos aus dem Haus gehen kann. Auch kontrolliert sie, ob sein Haus nicht etwa verhext worden ist, ob auch niemand hinter einem Möbelstück eine Kleinigkeit, wie ein Amulett oder einen Fetzen Papier mit einer magischen Formel, hat fallen lassen, die Unglück über den General und seine Familie bringen könnte.

Bei ihrem letzten Besuch hatte sie ihn gewarnt: »Ich sehe Schatten, eine wachsende Menschenmenge, eine Bedrohung, die zwar klein ist, aber sich ausweitet … Ich sehe Feinde, viele Feinde, deren Existenz Sie noch nicht einmal ahnen. Ich sehe auch etwas Rotes, ein sehr intensives Rot, das ich nicht identifizieren kann, aber es ist kein schönes Rot, also nehmen Sie sich in Acht, Herr General!« Er hat ihr gedankt, sie zur Tür begleitet und ihr einen fetten Schein in die Hand gedrückt. In jener Nacht hat er sehr schlecht geschlafen, aber am Morgen befand er, er sei ja bestens geschützt und müsse jetzt nicht in Panik verfallen.

Saïd und Athman lernten sich in den achtziger Jahren kennen, und es bahnte sich eine unglaublich enge Freundschaft an, gründend auf dem an Verfolgungswahn grenzenden Argwohn gegenüber ausnahmslos jedem, einschliesslich der eigenen Ehefrauen und Kinder, und dem von beiden geteilten Gefühl, dass ihre Mission, nämlich Algerien gegen innere und äussere Angriffe zu schützen, ihr Lebenssinn sei. Sie waren einander näher als ihren leiblichen Brüdern.

Und so kam es, dass General Saïd, als er von der Existenz dieses anderthalb Hektar grossen Brachlands erfuhr, das keinem wirklich gehörte, oder genau genommen dem Verteidigungsministerium, seinem Freund davon erzählte und sie gemeinsam beschlossen, es in Besitz zu nehmen, um dort Seite an Seite ihre Villen zu erbauen. Dort würden sie sich geborgen fühlen. Einer würde über den anderen wachen und über dessen Familie.

Es war einfach perfekt.

6

Am Mittwoch, dem 3. Februar, kurz nach 11 Uhr, läuten die Glocken der Grundschulen von Dely Brahim, und Hunderte von Kindern stürmen ins Freie, ergiessen sich auf die Strasse in einem einzigen Rutsch. Eine Masse hellblauer, rosa, weisser, gelber, langer, kurzer, karierter, gestreifter oder dezent gemusterter Schulkittel. Die Schüler rennen nach Hause, springen mit beiden Füssen in Pfützen, lachen und spielen Fangen. Sie tun dasselbe wie alle Kinder dieser Welt: sich über die Mittagspause freuen, die sie von der Schule befreit, hinter streunenden Hunden herlaufen, Fangen spielen, alles mit dem Ranzen auf dem Rücken. Manche trotten solo nach Hause, andere sind grüppchenweise unterwegs, wieder andere zu zweit, wie kleine Paare. Mitunter rempeln sie auch Erwachsene an, die dann mächtig über diese ungezogenen Kinder schimpfen.

Ines, Dschamil und Mahdi laufen gemeinsam heim, munter schwatzend, dabei immer wieder Bäumen und Strommasten ausweichend. Sie stoppen kurz bei einem Tabakkiosk, um Kaugummis zu kaufen. Der Verkäufer schenkt ihnen noch ein paar Bonbons. Er mag die drei Kids, die oft bei ihm reinschauen, um ihre paar Dinar bei ihm zu lassen.

Als sie die Zufahrt zur Cité du 11-Décembre erreichen, sausen sie den Hang zu den Häusern hinunter, geben dabei aber auf entgegenkommende Autos acht. Als sie auf der Höhe des Bolzplatzes sind, sehen sie dort Erwachsene, die laut herumschreien und mit den Armen fuchteln: Jussef, der brüllt, während Gendarmen ihn zu beschwichtigen versuchen; Adila, Ines' Grossmutter, die versucht, mit ihrem Gehstock auf zwei Männer einzuschlagen, während Mohamed und Scherif, die sich zwischen sie und die Generäle gestellt haben, sie zu bremsen versuchen.

Die Kinder kommen näher, doch ganz trauen sie sich nicht heran. Da taucht die rothaarige Verrückte neben ihnen auf und kichert mit ihrem zahnlosen Mund: »Hey, Kinder, kennt ihr die Geschichte von El Hakim und seinem Esel?«

Ines, Dschamil und Mahdi schütteln den Kopf.

Die Verrückte fährt fort: »Nein? Na, dann hört mal zu: Das ist die Geschichte von einem Esel, der seinen Acker verlässt, um in die Hauptstadt zu gehen. Er ist schon im Stadtzentrum, da stoppt ihn ein Gendarm und fragt ihn, was er hier will. Der Esel antwortet: ›Ich will ins Radio, deshalb hab ich den ganzen weiten Weg gemacht.‹

Der Gendarm: ›Wie das? Du willst ins Radio? Aber da ist kein Platz für dich!‹

Der Esel, tief beleidigt: ›Wieso sollte ich nicht da willkommen sein, wo den ganzen Tag nur Esel zu Wort kommen?‹«

Die Kinder müssen lachen. Zufrieden wirft die rothaarige Verrückte ihnen einen Handkuss zu und hüpft unter seltsamen Verrenkungen in ihrem gelben Kleid zum Bolzplatz zurück.

7

Tags darauf sollten mehrere Zeitungsberichte über die zwei Generäle erscheinen, die »ihre Waffe auf die Jugendlichen des Viertels gerichtet« hätten. Es wäre zu lesen, dass man die Nationalgendarmerie zu Hilfe gerufen habe, die schnell zur Stelle gewesen sei, Zeugen befragt und eine Untersuchung eingeleitet habe, und dass die Anwohner erklärt hätten, es nicht zu dulden, dass auf dieser Fläche fette Generalsvillen hochgezogen würden. Die grösste Tageszeitung im Land publizierte einen Artikel, der die Runde durch alle sozialen Netzwerke machte.

DELY BRAHIM: DAS FELD DER ZWIETRACHT
Seit gestern steigt die Spannung in Dely Brahim. Streitgegenstand ist ein freies Feld von etwa anderthalb Hektar Fläche im Zentrum der Cité du 11-Décembre-1960, das von den Jugendlichen aus der Nachbarschaft bisher als Bolzplatz genutzt wird.
Am gestrigen Vormittag gaben zwei Generäle bekannt, dass sie dort Villen bauen wollten, was den Zorn der Anwohner hervorrief. Es kam zu einer handgreiflichen Auseinandersetzung zwischen ihnen und einigen Jugendlichen. Die an den Tatort gerufene Gendarmerie nahm einige der Anwesenden fest.
Adila, die berühmte Mudschahida, die im Moment des Zusammenstosses auch dort war, erklärte: »Dieser Platz gehört

der Gemeinschaft. Es ist undenkbar, dass man ihn den Generälen überlässt.«
Demgegenüber erinnerte der Bürgermeister von Dely Brahim daran, dass das Verteidigungsministerium die Cité du 11-Décembre im Jahr 1987 angelegt und in der Folge die einzelnen Parzellen an Armeeangehörige abgegeben habe. »Ich bin weder informiert noch befugt, mich da einzumischen«, sagte er noch, »deshalb ist es zwecklos, mich in dieser Sache zu kontaktieren.«
Die Generäle wiederum erklärten, sie besässen eine rechtsgültige Eigentumsurkunde und die Bauarbeiten würden im Frühjahr beginnen.

Nicht einer der Journalisten aber sollte die drei Kids erwähnen, die an regnerischen Tagen auf dem Bolzplatz kickten. Keiner würde schreiben, dass die pensionierten Obersten sich ins Fäustchen lachten, als sie miterlebten, wie die Jugendlichen den Generälen eine Abreibung verpassten, noch dass ebendiese Obersten es nicht wagten, sich persönlich für den Bolzplatz ihrer Kinder einzusetzen. Und es würde auch keiner die Tatsache erwähnen, dass die Generäle längst den Gegenangriff planen und dass Mohamed, wiewohl um Haltung bemüht, grosse Angst um seinen Sohn Jussef hat, der allgemein als der Rädelsführer gilt.

Ines, Dschamil und Mahdi aber warten erst einmal ab und beobachten beunruhigt, was vor sich geht.

8

An besagtem Mittwochvormittag, dem 3. Februar, trafen die Gendarmen sehr schnell ein. Wenn man sie zu einem Notfall ruft, lassen sie sich alle Zeit der Welt, erklären, es sei schwierig, sich in der Siedlung zu orientieren, sie seien unterbesetzt, es falle nicht wirklich in ihren Zuständigkeitsbereich – oder sie gehen erst gar nicht ans Telefon.

Wenn man persönlich in der Gendarmerie vorspricht und nicht gerade ein einflussreicher hoher Beamter oder ein Cousin vom Direktor ist, dann lassen sie dich warten, bis du schwarz wirst, überhäufen dich mit Papieren und fotokopieren fast eine Stunde lang deinen Personalausweis, bevor sie dir versprechen, dass sie sehen wollen, was sich tun lässt. Und natürlich lassen sie nie wieder etwas von sich hören.

Aber hier genügte ein Anruf vom Chauffeur eines Generals beim Direktor der Staatssicherheit, und schon waren vier schnauzbärtige Gendarmen in nagelneuen Uniformen in Dely Brahim zur Stelle, in der Cité du 11-Décembre-1960, und nahmen Jussef und Adila fest. Sie entschuldigten sich sogar noch bei den Generälen, obwohl sie doch gar nichts dafür konnten, und versicherten ihnen, sie würden alles, aber auch wirklich alles Nötige, wie einer von ihnen hinzufügte, tun, ohne dass irgendwer wusste, was das konkret heissen sollte. Sie hielten eine

Verrückte mit hennarotem Haar davon ab, ihnen zu folgen, und kehrten in die Gendarmerie zurück.

»Warum wir uns mit denen angelegt haben, wollen Sie wissen? Weil sie uns unseren Bolzplatz wegnehmen wollen«, erklärte Jussef, »und ausgelacht haben sie uns auch. Sie haben doch schon diese ganze Drecksstadt für sich, warum müssen sie uns jetzt auch noch die einzige tolle Location hier wegnehmen?«

»Jetzt fang nicht an, hier rumzuflennen, wir sind gerade erst am Anfang vom Verhör!«, entgegnete der Gendarm.

Dieser war in einem Arbeiterviertel von Constantine aufgewachsen. 1992 war sein Vater dort ermordet worden. Am Tag zuvor hatte das Staatsfernsehen Bilder vom Besuch des Präsidenten gezeigt, um den sich ein Tross von Polizisten und Soldaten scharte. In einer Ecke des Bildschirms war kurz auch sein Vater zu sehen gewesen, in Polizeiuniform, nur ein paar Sekunden, doch es hatte genügt, sein Schicksal zu besiegeln. Keiner in seinem Wohnblock hatte bis dahin gewusst, welchen Beruf er hatte. Als er am Abend mit seinem zwölfjährigen Sohn, den er von der Schule abgeholt hatte, nach Hause kam, erschoss ihn ein Nachbar, der dem Ruf bewaffneter islamistischer Gruppen gefolgt war.

Der Sohn hatte alles mitangesehen. Als der Schuss losging, hielt er die Hand seines Vaters. Er hielt sie noch, als die Sanitäter eintrafen. Er hielt sie trotz der sich ausbreitenden Blutlache, hielt sie, obwohl sein Vater keine Antwort mehr gab, obwohl die Nachbarn von ihren Fenstern aus schrien, obwohl die Mutter laut schluchzte. Was konnte er anderes tun, als die Hand dieses Vaters mit den weit aufgerissenen Augen zu halten?

Er war Gendarm geworden und nach Algier gegangen, hatte Constantine, der Stadt der Brücken, den Rücken gekehrt. Hatte Abstand zu seinen Albträumen gewonnen, zu seiner Mutter, die über Nacht den Verstand verloren hatte. Und jetzt sass er diesem zwanzigjährigen Jungen in seinem viel zu grossen Sweatshirt und Sneakers gegenüber, die zwei Monatsgehälter gekostet haben dürften. Der sah wütend drein, aber man durfte nicht vergessen, dass in dem grossen Shirt der Sohn eines höheren Offiziers steckte, dem man bloss sein Spielzeug weggenommen hatte und der im Gegenzug versucht hatte, einen General zu verkloppen. Dem Gendarm brach der kalte Schweiss aus, wenn er sich die Szene nur vorstellte. Eine seltsame Zeit, in der wir da leben, dachte er bei sich. Der Sohn eines pensionierten Obersten greift einen General wegen eines Stücks Brachland an, das tagaus, tagein von streunenden Kötern vollgeschissen wird.

»Hier, putz dir damit mal die Nase, was anderes als Papier haben wir nicht. So, hast du dich beruhigt? Können wir weitermachen? Komm schon, erzähl, wer hat euch informiert, dich und deine Freunde, dass die Generäle da waren? Wart ihr dort in der Nähe?«

»Wir waren nicht weit weg.«

»Und was habt ihr gemacht?«

»Wir haben geraucht.«

»Und was habt ihr geraucht?«

»Zigaretten, bloss Zigaretten.«

»Na klar doch … Wir werden dich mal pinkeln lassen und das überprüfen.«

»Ich schwöre, es ist wahr! Wir haben ganz relaxt vor dem Haus von einem Freund geraucht, als Adila, die Mudschahida, die in einem Häuschen direkt am Bolzplatz wohnt, sie dort entdeckt hat. Sie hat gehört, wie sie darüber gesprochen haben, auf unserem Bolzplatz ihre Villen zu bauen. Sie ist zu uns gekommen, um uns das zu sagen, und dann sind wir los, um denen klarzumachen, dass sie da nichts zu suchen hatten. Die haben uns unseren Platz gestohlen! Verstehen Sie? Unseren Bolzplatz haben die gestohlen!«

»Hör auf zu schreien. Was glaubst du, wo du bist?«

»Wir lassen uns das nicht gefallen. Wir sind im Recht.«

»Ihr seid im Recht? Sieh einer an … Na schön, ihr seid also auf den Platz gerannt, nachdem die alte Mudschahida euch Bescheid gegeben hatte, okay, und dann, was hast du dann gemacht?«

»Och, nichts … na ja, ich hab so was gesagt wie: ›Hey, das dürft ihr nicht, das ist unser Platz‹, so was in der Art halt.«

»Du hast wohl gedacht, du bist im Film.«

»Was hätte ich denn sagen sollen? ›Guten Tag, meine Herren, entschuldigen Sie die Störung, aber Sie stehen hier auf unserem Bolzplatz, würden Sie Ihre Pläne bitte wieder einpacken und sich ohne grosses Gedöns verziehen?‹ Und glauben Sie im Ernst, die hätten dann in etwa so geantwortet: ›Oh, bitte verzeihen Sie, selbstverständlich rücken wir gleich wieder ab, hier haben Sie Ihren

Platz zurück und ganz Algerien gleich mit, wir wünschen viel Spass und ein gutes Spiel‹?«

Im Nebenraum interviewte der Kommandeur der Gendarmeriebrigade in Begleitung seines Assistenten derweil Adila, Ines' Grossmutter. Der Direktor kümmerte sich persönlich um sie, er wollte kein Risiko eingehen. Er wusste, diese Schnüffler von Journalisten warteten nur darauf, um Schlagzeilen zu machen: dass ein Gendarm auch nur eine Spur zu laut mit einer alten Dame sprach, mit einer hochverdienten Mudschahida obendrein.

»Los, erzähl weiter«, forderte der Gendarm Jussef auf, »und hör auf, dich über mich lustig zu machen!«

»Ach, ich weiss nicht mehr«, stotterte Mohameds Sohn, bevor er in Tränen ausbrach.

Der Gendarm brachte ihm ein Glas Wasser und ermunterte ihn weiterzureden.

»Nun, dann … Ich weiss nicht mehr, wie es wirklich gelaufen ist. Sie haben uns provoziert. Zuerst dachten wir, wir könnten sie überzeugen. Aber denen war es ganz egal, was wir sagten, wir sollten einfach abhauen. Sie lächelten nur und sagten immerzu: ›Kinder, das ist unser Zuhause, da könnt ihr tun, was ihr wollt.‹ Das hat uns zur Weissglut gebracht, dieses ›da könnt ihr tun, was ihr wollt‹ und dazu dieses Lächeln. Wir konnten es nicht glauben, dass sie sich den Platz einfach so schnappen würden, um dort ihre riesigen Hütten zu bauen. Wir konnten uns das doch nicht einfach so gefallen lassen. Wir wollten, dass sie abhauen, dass sie uns in Ruhe lassen.«

»Aber ihr habt sie geschlagen?«

»Nein, da noch nicht …«

»Ihr habt ihnen die Waffe weggenommen, oder?«

»Schon, aber das war eher ein Reflex, sie hatten sie ja auf uns angelegt, da hab ich halt danach gegriffen, und sie haben es geschehen lassen …«

»Ist dir klar, dass das für dich das Ende ist? Du wirst im Kittchen landen, weisst du das? Und deine kleinen Freunde auch, die werden wir alle noch aufspüren, verlass dich drauf, wir haben unsere Informationen. Ihr werdet schon sehen, wie das ist, im Knast zu bolzen.«

Erschöpft bricht Jussef wieder in Tränen aus. »Aber wir wollten doch nur unseren Bolzplatz behalten. Seit Jahren spielen wir da schon Fussball. Unsere kleinen Brüder auch. Wir haben doch sonst nichts! Und die, die haben ganz Algerien, können sie uns denn nicht wenigstens dieses Stück Land lassen?«

»Hör auf, mir kommen gleich die Tränen.«

»Aber es stimmt doch, wir haben sonst weiter nichts!«

»Dein Vater ist pensionierter Oberst, richtig?«

»Ja, aber …«

»Und du, der Sohn eines hochrangigen Offiziers im Ruhestand, hast beschlossen, nur wenige Meter von deinem Vater entfernt zwei Generäle anzugreifen, die nichts Böses getan haben, so ist es doch?«

»Was hat denn das jetzt mit meinem Vater zu tun?«

»Mach dich nicht lustig über mich. Du willst mir doch wohl nicht weismachen, dass ihr, du und deine Freunde, nur deshalb auf die Generäle eingedroschen habt, damit ihr weiterhin Ball spielen könnt.«

»Doch, doch …«

»Mir liegt ein Bericht vor, der mir von meinen Kollegen in der Staatssicherheit übermittelt wurde. Dein Vater ist Oberst Mohamed, ein Militär im Ruhestand, der aber noch sehr aktiv, sehr politisiert ist. Er hat gerade erst eine Partei gegründet, die sich gegen unseren Präsidenten stellt.«

»Na und?«

»Ich fahre fort. Er hat also diese Partei gegründet und versucht, Leute zu rekrutieren, die sich ihr anschliessen. Siehst du, wir wissen hier alles. Darüber hinaus liegen mir mehrere Schreiben vor, die er ans Rathaus geschickt hat, Briefe, Petitionen, die allesamt die Strassen in der Cité du 11-Décembre-1960 betreffen. Diesen Schreiben zufolge lässt das Rathaus nur jene Strassen teeren, die zu den Häusern der Generäle führen.«

»Das stimmt ... Das können Sie sich ansehen.«

»Ich hab noch anderes zu tun. Los, nun gib's schon zu, du und deine Freunde, ihr wolltet es den Generälen mal so richtig heimzahlen, stimmt's?«

»Nein«, protestierte Jussef, »das hat nichts damit zu tun, dass es Generäle sind, das ist nur, weil sie uns unseren Platz wegschnappen. Der Zustand der Strassen ist uns egal. Vielleicht können die Generäle auf den holprigen Strassen nicht fahren, aber wir sind das ja gewohnt. Der Schlamm und die Schlaglöcher machen uns nichts aus.«

»Aber eins ist schon seltsam ... Wie konntet ihr wissen, dass es Generäle waren?«, fing der Gendarm wieder an.

Jussef konnte nicht mehr. Er schnäuzte sich geräuschvoll in den Ärmel seines Pullis und brachte dann stotternd hervor: »Na, wir wussten es einfach, sie waren ...

so wie sie da standen und lächelten. Dann trugen sie Sonnenbrillen, dabei ist es Februar und schüttet seit Tagen. Sie hatten so was Arrogantes an sich, und dann war da dieser Chauffeur, der ihnen wie ein Dackel folgte, mit seinen beiden Regenschirmen. Und ausserdem hat Adila es uns ja gesagt, glaub ich. Ach, ich weiss nicht mehr, es ist alles so verworren.«

»Und wann habt ihr beschlossen, über sie herzufallen?«

»Das hab ich Ihnen doch eben schon erklärt, wir haben überhaupt nichts beschlossen! Das war nicht geplant, wir wussten doch gar nicht, dass sie heute früh kommen würden. Wir sind halt irgendwie da mit reingeraten, mehr war da nicht.«

»Aber du und deine Kumpel, ihr seid doch als Erste handgreiflich geworden …«

»Sie haben uns beleidigt. Sie haben es an Respekt fehlen lassen. Wir wollten nur, dass sie abhauen. Sonst nichts. Wir haben ihnen die Waffe weggenommen, weil wir Angst hatten, dass sie auf uns schiessen. Dazu wären sie imstande gewesen. Wir wollten nicht, dass sie uns umlegen.«

»Kommen wir auf deine beiden Freunde zurück. Ihre Namen?«

»…«

»Ich frage noch einmal: ihre Namen?«

»Weiss nicht.«

»Was soll das heissen, du weisst nicht?«

»Das sind halt so Freunde, wir spielen zusammen Fussball und rauchen ein paar Zigaretten, aber sie wohnen ja nicht in der Cité du 11-Décembre. Ihre Familiennamen kenne ich nicht. Wir rufen uns nicht beim Nachnamen!«

»Na schön. Dann die Vornamen und ihre Adresse.«

»Ich war noch nie bei ihnen zu Hause.«

»Die Vornamen?«

»...«

»Na schön. Dann bleibst du erst mal ein paar Stunden hier, und vielleicht kommt dann die Erinnerung zurück. Fürs Erste wirst du mir mal deine Aussage unterschreiben.«

Der Gendarm zog einen Stapel weisser Blätter aus der Schreibtischschublade und legte sie in den Drucker ein. Angestrengt tippte er ein paar Sätze in seinen Computer, klickte ein paarmal mit der Maus und hielt Jussef dann eine dreifache Ausfertigung seiner Aussage hin.

»Los, unterschreib, da, wo dein Name steht!«

»Warum ist so viel Platz zwischen dem Text und meinem Namen?«

»Für den Fall, dass deine Erinnerung zurückkommt.«

Jussef zögerte, doch dann nahm er den Stift und unterschrieb, ohne den Text noch einmal durchzulesen.

Unterdessen bot der Kommandeur der Gendarmeriebrigade Adila einen Tee an, die sich alle Zeit der Welt nahm, ihn zu trinken. Er wusste nicht, wie er das Verhör beginnen sollte. Auch wenn sie nur knapp einen Meter fünfzig gross war und so alt wie seine Mutter, so beeindruckte sie ihn doch. Er vergass nicht, dass sie im Krieg Bomben gelegt hatte noch dass sie nächtelang von der französischen Armee gefoltert worden war, ohne je das Versteck der übrigen Mitglieder der Geheimzelle, der sie angehörte, preiszugeben.

Schliesslich bat er sie nervös: »Madame Adila, es ist mir eine Ehre, Sie empfangen zu dürfen. Ich bin einer Ihrer grössten Bewunderer. Ich will Ihnen nicht Ihre Zeit stehlen, Madame, aber vielleicht könnten Sie mir kurz schildern, was vorgefallen ist, mein Assistent wird es tippen, und wenn Sie es unterschrieben haben, können Sie in aller Ruhe wieder nach Hause gehen.«

Adila lächelte ihn nur an. »Sie haben Angst vor denen, nicht wahr?«

»Madame, ich bitte Sie, ich tue nur meine Arbeit.«

»Sie haben Bammel, stimmt's? Diese Generäle jagen Ihnen Angst ein, oder etwa nicht? Machen Sie sich gerade ein?«

»Madame Adila, der Fall ist schwerwiegend, Jugendliche haben sich der Waffen höherer Offiziere bemächtigt.«

»Gewiss doch, gewiss. Ein paar Jugendliche haben versucht, sich gegen diese Männer, die nichts und niemanden respektieren und sich alles und jedes unter den Nagel reissen, zur Wehr zu setzen.«

»Sie haben ihnen die Waffen entrissen!«

»Na und wennschon, diese höheren Offiziere haben sie mit ihren verdammten Pistolen bedroht.«

»Ich bitte Sie, eine Legende wie Sie, die für die Unabhängigkeit unseres Landes gekämpft hat, die kann doch nicht solidarisch mit diesen ...«

»... diesen Jugendlichen sein? Ja glauben Sie denn, ich stünde aufseiten der Generäle? Die hab ich mit meinem Gehstock verdroschen. Das haben sie Ihnen wohl nicht erzählt, oder? Schämen sich wohl, dass sie sich von einer Alten wie mir haben verprügeln lassen.«

»Madame …«

»Genau so und nicht anders, mit meinem Gehstock, ich hab ihn hochgehoben und *pamm, pamm* auf den Rücken!«

Schweigen.

Adila trank ihren Tee aus und fragte mit dem Anflug eines Lächelns auf den Lippen: »Nanu, was ist denn? Sie tippen ja noch gar nicht, Monsieur!«

9

Dely Brahim ist eine Gemeinde am westlichen Stadtrand von Algier. Es finden sich dort noch Spuren des allerersten französischen Kolonistendorfs. Um die fünfzig Familien liessen sich 1832 hier zwischen grünen Hügeln nieder, nur wenige Kilometer von der Küste und den Stränden entfernt. Ein Jahrhundert später, kurz bevor Algerien unabhängig wurde, lebten in der Gemeinde kaum mehr als tausend Menschen.

Bis in die Mitte der neunziger Jahre hinein konnte man am Horizont noch Pferde galoppieren sehen. Das Wäldchen, vor dem man eine Bushaltestelle eingerichtet hatte, wirkte verwunschen wie ein Zauberwald. Die Strassen waren leer. Heute sind die Neureichen auch nach hier vorgedrungen, überall Möbel- und Kleidergeschäfte. In den Auslagen knallbunte Klamotten, aus China, Frankreich oder Spanien importiert, Schleiflackmöbel, riesige Kronleuchter aus Kristallimitat und Plastikblumen. Natürlich wurden auch jede Menge Festsäle eröffnet, vollklimatisiert, für die Hochzeitsfeiern. Man muss sie ein Jahr im Voraus buchen, ein einträgliches Geschäft, das die Bankkonten von Männern füllt, die es geschafft haben, dank einträglicher Geschäfte riesengrosse Häuser zu erwerben.

Das Viertel befindet sich in ständigem Umbruch. Man hat so viele Bäume gefällt, dass von einem Wäldchen in

Dely Brahim kaum noch die Rede sein kann. Man hat die Schlaglöcher gefüllt, doch manche Einwohner, die sich über die Raserei der Jugendlichen beklagen, haben überall im Ort, ohne behördliche Genehmigung, Temposchwellen anbringen lassen. Jede Strassenecke hat mittlerweile ihre Temposchwelle, die wie eine kleine Betonbeule aussieht. Man hat den alten Häusern einen neuen Anstrich verpasst, in Rosa, in Gelb, in Braun. An den Mauern von Rathaus und Postamt sind Tags aufgetaucht, »Es lebe Bouteflika«, »Tod den Tunten«, »Ich hab Karima schon viermal gevögelt«.

Inzwischen erweckt die Gemeinde den Anschein, als breite sie sich endlos aus, ohne Plan und ohne echte Konzeption. Der historische Stadtkern lässt sich unschwer erkennen, mit der Moschee, die freitags viel zu klein für all die Gläubigen ist, die schliesslich auf der Strasse beten und dabei Durchgang und Durchfahrt versperren. Den Rest der Woche steht die Moschee leer. Nahe der Autobahn wurde ein riesiger Park angelegt, in dem Paare und Familien am Wochenende schlendern, picknicken oder joggen können.

Auch an der Cité du 11-Décembre-1960 sind die Veränderungen nicht spurlos vorübergegangen. Aus dem kleinen Friseurladen um die Ecke wurde ein Feinkostgeschäft. Aus der Privatschule eine andere Privatschule, die um einiges teurer war. Einige Villen beherbergen diskret den einen oder anderen Firmensitz. Unweit des Bolzplatzes, auf einer kleinen Anhöhe, befindet sich, aus Ziegelstein gemauert, ein Wasserturm, dessen zylinderförmiger Hochbehälter sich generös zum Himmel hin öffnet, ein

Leuchtturm bei Nacht, der die ganze Siedlung mit Wasser versorgt.

Er sei verhext, sagen die Leute über den Wasserturm. Drum herum wuchert dichtes Brombeergestrüpp. Nie hat man wen dort hineingehen sehen. Nie irgendeinen kommunalen Angestellten. Es gab schon viele Gerüchte um ihn. Eine Geheimtür soll den Zugang ohne Schlüssel erlauben. Ein grausiger und blutiger Mord soll dort geschehen sein. Terroristen hätten dort in den Neunzigern Waffen und Lebensmittel versteckt. Unter dem Turm soll sich das Tor zur Welt der Dschinnen verbergen. Und es hiess auch – eine Version, die niemand mochte, weil sie viel zu vernünftig war –, er sei völlig nutzlos geworden, doch ihn abzureissen koste mehr, als ihn einfach stehenzulassen.

Manchmal konnte man Schreie und sogar ein Kichern hören, doch die Erwachsenen versicherten, das seien nur der Wind oder die Hunde, die um den Wasserturm strichen. Auf dem Rückweg vom Stadion musste Dschamil immer am Wasserturm vorbei. Dann lief er, so schnell er konnte, mit klopfendem Herzen, um nur ja nicht von den bösen Geistern geschnappt zu werden.

Eines Tages stolperte er über einen grossen Stein, der mitten auf dem Weg lag, und flog der Länge nach hin, direkt vor dem Wasserturm. Ihm war, als höre er Stimmfetzen. Sein Mund wurde trocken. Er blieb liegen, lang ausgestreckt, wagte nicht, sich zu rühren, wie sonst nur im Bett, wenn ihn die Angst lähmte, die geringste Bewegung könne die Monster, die im Raum lauerten, aus der Reserve locken. Er wagte noch nicht mal, den Kopf zu heben, für den Fall, dass sich da etwas ganz Grausliches zeigte. Der Tag ging zur Neige, die Sonne gerade unter. Die Dämmerung würde nicht lange auf sich warten lassen, wie sollte er dann in völliger Finsternis noch aufstehen und die paar Schritte tun, die ihn von seinem Zuhause trennten? Dschamil versuchte, sich zusammenzunehmen: Der Turm war kein Geisterhaus, es war lächerlich, am Boden liegen zu blieben, er hatte sich bestimmt schmutzig gemacht, seine Grossmutter würde schimpfen, und wenn ihn jemand so sähe, würde er sich fragen, was mit ihm los sei, und am Ende landete er noch im Irrenhaus. Sicher, er hörte es knacken, vom Wasserturm her, wie sich nähernde Schritte. Einen seltsamen Geruch nahm er wahr, ein schweres, benebelndes Parfum. Und das Herz schlug ihm bis zum Hals. Und sein Atem ging immer hektischer. Ja, gleich würde er an Herzversagen sterben, einfach so, in Dely Brahim. Man würde eine Gedenktafel installieren, dachte er: Hier starb Dschamil, ein Angsthase, der gestolpert ist und sich nicht getraut hat, wieder aufzustehen.

Doch irgendwann hatte er sich so weit beruhigt, dass er sich wieder hochrappelte. Er klopfte sich gerade den Schmutz aus der Hose, da sah er die Verrückte mit dem hennaroten Haar, die mit ihrem zahnlosen, weit aufgerissenen Mund vor ihm stand. Und sich über ihn beugte.

»Brauchst du Hilfe, mein Kleiner?«

Dschamil entfuhr ein Schrei, dann sprang er auf und raste nach Hause, ohne sich auch nur einmal umzusehen.

10

Die Generäle erstatteten Anzeige und telefonierten einige Male mit dem Justizminister. Jussef ist wieder zu Hause. Er wartet, dass die Justiz sich in Gang setzt. Er weiss, jetzt kann es lange dauern oder auch sehr schnell gehen, weil nun alles von den Beziehungen abhängt, denen der Generäle auf der einen Seite, denen seiner Eltern auf der anderen. Jede Partei wird aktiv. Es ist wie ein Kartenspiel, eine Schlacht, gewinnen wird der, der den Trumpf im Ärmel hat, einen Minister, einen Richter am Tribunal, manchmal aber auch einen Schattenmann, der auf keinem offiziellen Organigramm erscheint, keinerlei öffentliches Amt bekleidet, einer von denen, die man manchmal kurz am Rand eines Fotos oder eines offiziellen Videos erblickt. Solche wie er verfügen oft über grössere Macht als Minister oder Generäle. Es sind Geschäftsleute, Männer, die dem Präsidenten nahestehen, Königsmacher, die den einen auf den Thron, den anderen in die Klapse bringen.

Jeder greift nach seinem Telefon und tätigt ein paar Dutzend Anrufe. Die Verhandlungen beginnen. Jussefs Eltern ist klar, dass sie sich vergebens schlagen, aber sie wissen auch, dass sie keine andere Wahl haben, als zu versuchen, die Zukunft ihres Sohnes zu retten.

Adila dagegen, die offen zugab, dass sie mit ihrem Krückstock auf die Generäle eingedroschen hatte, wurde von den Gendarmen, die sich vielmals bei ihr entschuldigten, flugs wieder auf freien Fuss gesetzt. Die Generäle hatten in weiser Voraussicht beschlossen, lieber nicht Anzeige gegen eine alte Dame zu erstatten, eine Mudschahida noch dazu, die überdies Vorsitzende eines Vereins zum Schutz der Frauen vor häuslicher Gewalt war und die man im ganzen Land liebte und verehrte.

Unterdessen holen Mahdi, Ines und Dschamil Informationen ein, so viel sie nur können. Sie haben zugehört, haben den Kopf geschüttelt, haben die aufsteigenden Tränen unterdrückt. Sie haben sich sogar einsichtig gezeigt, als man ihnen erklärte, dass die Generäle Dokumente besässen, denen zufolge der Bolzplatz ihnen gehöre. Dschamils Grossvater, selbst pensionierter General, hat es seinem Enkel mehrmals erklärt: »Ihre Papiere sind in Ordnung, sie haben nichts Böses getan, es ist ihr Grundstück, es gehört ihnen.« Mahdis Vater hat zu dem Ganzen nicht viel gesagt. Im Rollstuhl vor dem Fernseher sass er, und als sein Sohn ihn schüchtern fragte, nickte er nur kurz, »so ist das eben, da kann man nichts tun«.

Und Ines' Mutter, Jasmin, hat aufgeregt ihre Mutter angeschrien, die stundenlang auf der Gendarmerie gewesen war: »In deinem Alter! Durch den Regen laufen und mit der Krücke auf Generäle einprügeln! Weisst du eigentlich, was du getan hast? Und wenn sie dich verletzt hätten? Und wenn du ausgerutscht wärst?«

Adila warf ihrer Tochter nur einen langen, verächtlichen Blick zu und liess sich wortlos auf dem Sofa nieder, in der Hand ihr schwarzes Notizheft.

Als Jussef nach Einbruch der Dunkelheit nach Hause kam, traf er seinen Vater in seinem Zimmer an, er sass auf seinem Bett. Schüchtern lächelte er ihm zu, doch sein Vater war wie erstarrt, verzog keine Miene, etwas blass im Gesicht, unter den Augen tiefe Ringe. Jussef zog sich einen Stuhl heran und nahm wortlos vor ihm Platz. Mohamed musterte die Poster an den Wänden, fast alles Plakate amerikanischer Filme, die er im Leben nicht gesehen hatte. Sein Sohn war ihm seit mindestens fünf Jahren ein Rätsel.

Schliesslich begann er zu reden: »Die Lage ist sehr ernst, Jussef.«

Der Sohn senkte weder den Kopf, noch wandte er den Blick ab, er hatte sich nichts vorzuwerfen.

»Was du getan hast, ist hochgefährlich, du ahnst gar nicht, was du dir da eingebrockt hast.«

»Ich habe nur versucht zu …«

»Sei still, jetzt rede ich.«

»Okay, Papa.«

»Sich mit Generälen anzulegen, sie anzugreifen, bist du verrückt geworden?«

»Sie wollten uns doch unseren Bolzplatz nehmen.«

»Na und? Was macht dir das denn aus? Sie haben jedes Recht dazu! Sie können sich alles nehmen, wenn es ihnen gefällt.«

Jussef konterte: »Die ganze Zeit redest du davon, dass du gegen das Regime bist, dass man sich wehren muss, stundenlang redest du mit Mama und deinen Freunden über nichts anderes.«

»Das ist nicht dasselbe!«

»Ach ja? Und wieso nicht?«

»Gegen mich haben sie nichts in der Hand, absolut nichts! Sie können mir nichts anhaben. Ich bin im Ruhestand, ich mache, was ich will. Bei dir ist das anders.«

»Warum sollte es anders sein?«

»Es ist ihr Grundstück, sie haben eine Besitzurkunde. Wir sind doch keine Wilden, wir schlagen doch nicht mit Fäusten auf andere ein.«

»Sie haben uns zuerst attackiert.«

»Was willst du denn? Willst du ins Gefängnis?«

»Was soll ich denn tun? Gar nichts? Alles hinnehmen?«

»Hinnehmen? Hinnehmen, sagst du? Was nimmst du denn hin? Du wohnst in einem schönen Haus, dessen Bau mich mehr als zwanzig Jahre meines Lebens gekostet hat. Deine Mutter und ich, wir haben uns nichts gegönnt, keine Ferien, keine Reisen, keine Restaurants, nur um uns dieses Haus hier leisten zu können. Du hast gar nichts getan.«

»Wir werden doch nicht tatenlos zusehen, wie die zwei Generäle uns unseren Bolzplatz wegnehmen.«

Mohamed wurde immer röter vor Wut. »Das ist nicht euer Platz! Euch gehört hier gar nichts!«

»Denen gehört er aber auch nicht! Der Platz gehört der Gemeinschaft, er gehört allen!«

»Du bist in Algerien, Gemeinschaft ist ein Begriff, keine Realität! Da kannst du nichts machen. Du und deine Freunde, ihr seid dumme Jungs. Du wirst schön den Mund halten, nicht mehr aus dem Haus gehen, dich entschuldigen. Du wirst damit aufhören, mit allen Kiffern des Viertels abzuhängen. Ich warne dich, du tust besser mal, was ich dir sage. Ist das klar?«

»Ja …«

»Du musst dich zusammenreissen, Jussef. Du benimmst dich wie ein Kind. Es ist Zeit, erwachsen zu werden.«

»Ich habe doch bloss versucht, das, was uns gehört, gegen die Generäle zu verteidigen.«

Wütend stand Mohamed auf. »Du bist dabei, dein Leben zu ruinieren! Das ist alles! Sie werden euch zerquetschen, dann ist es vorbei mit euch, die Gendarmen können von heute auf morgen kommen und euch ins Gefängnis stecken. Ist dir das eigentlich klar? Begreifst du wenigstens, wovon ich rede?«

Jussef murmelte: »Sollen sie doch kommen. Das ist doch so was von unfair …«

»Es ist nicht unfair, das ist ihr Grundstück, es gehört ihnen. Sie haben eine Besitzurkunde.«

»Na und wennschon, normal ist das nicht, seit zwanzig Jahren spielen wir Fussball auf dem Platz, er stand nie zum Verkauf, die haben sich den nur gekrallt, weil sie Beziehungen haben, das weisst du ganz genau!«

»Die machen doch immer, was sie wollen! Willst du für einen Bolzplatz ins Gefängnis gehen?«

Jussef war erschöpft und wollte nur noch eins: schlafen. Er wusste nicht mehr, ob das, was er getan hatte, richtig war oder einfach nur blöd. Ob er es bedauerte? Ja, ein bisschen schon, aber im Grunde war er auch stolz auf sich.

»Innerhalb von ein paar Minuten, und bloss wegen ein paar Fussballspielen, hast du deine ganze Zukunft aufs Spiel gesetzt. Ist dir das klar, Jussef? Es ist wichtig, dass du die Tragweite deiner Handlungen begreifst.«

»Papa, wenn jeder nur an seine eigene kleine Zukunft denkt und an seinen kleinen Komfort, wie sollen wir es dann je schaffen, dass sich irgendetwas ändert?«

»Es ist nicht deine Aufgabe, das zu tun.«

»Wessen Aufgabe denn dann?«

»Wenn du mit mir darüber gesprochen hättest, hätte ich mich informieren können, diesen und jenen anrufen können, schauen können, was sich machen lässt.«

»Mit ein paar Anrufen allein werden wir unseren Bolzplatz nicht retten.«

»Ich sage es dir noch einmal, er gehört weder dir noch deinen Freunden.«

»Denen gehört er aber auch nicht.«

»Ich bin es leid. Du willst mich einfach nicht verstehen. Was willst du denn dann? Dir deine ganze Zukunft verbauen, nur um Ball spielen zu können? In deinem Alter?«

Jussef senkte wortlos den Kopf. Mohamed liess seinen Sohn allein zurück und ging zu seiner Frau, die gerade mit Beten fertig war. Er dachte, dass er selber durch diese ganze Geschichte arg im Rückstand mit seinen täglichen Gebeten war, heute Abend würde er einige dranhängen, um das aufzuholen. Er war kurz in Versuchung, es einfach zu überspringen und gleich ins Bett zu gehen, doch er zwang sich, seine Waschungen zu machen, und begab sich dann in sein kleines Büro, um hinter doppelt verschlossener Tür zu beten.

Als der Terrorismus auf dem Höhepunkt war, hatte Mohamed, der Tag für Tag gegen die Terrorbanden kämpfte, zu beten aufgehört, zehn Jahre lang. So lange, wie dieser Krieg anhielt. Er hatte mit keinem darüber geredet, hatte seiner Frau nichts erklärt. Es war ihm einfach nicht mehr möglich gewesen zu beten. Zu viel Schreckliches geschah rings um ihn. Er ertrug es nicht mehr, Eltern oder junge Ehefrauen anrufen zu müssen, um ihnen mitzuteilen, dass ihr Sohn oder Mann im Kampf gefallen war, aus nächster Nähe erschossen, von einer Bombe zerfetzt oder von einer Klinge gefoltert. Er ertrug es nicht mehr, das Wort »Gott« aus dem Mund von Terroristen zu hören. Er ertrug es nicht mehr, dasselbe Wort auf seinem Gebetsteppich auszusprechen. Die Wörter. Sie vermischten sich in seinem Kopf. Kann einer ein Wort besudeln? Es sich auf eine Art und Weise aneignen, dass er es einem regelrecht wegnimmt, gewissermassen stiehlt? Der Kampf gegen die Terroristen, das Ausheben der Widerstandsnester, der Lager im Untergrund, das war seine Art, sich alle diese Wörter zurückzuholen, die die Fundamentalisten den Algeriern entwendet hatten.

Jeden Tag hatte Mohamed Angst, vom Tod eines Freundes oder Kollegen zu hören. Immer mehr Freitage verbrachte er auf dem Friedhof.

Und immer wenn ihn die Nachricht vom Mord an einem Menschen, der ihm nahegestanden hatte, ereilte, zog er sich in das kleine Wohnzimmer der winzigen Wohnung in der Militärsiedlung von Bouzaréah zurück, in der er mit Frau und Kindern lebte, verriegelte die Tür und weinte um den Toten.

Erst Anfang der 2000er Jahre begann Mohamed wieder zu beten, und noch immer sprach er zu niemandem davon. Keins seiner Kinder hat ihn je beten gesehen, und so sollte das auch sein, dachte er bei sich. Abseits fremder Blicke beten. Beten, wie man Liebe macht: hinter verschlossener Tür.

Mohamed stammt aus einer ganz armen Familie und arbeitet seit seiner Jugend sehr hart, beseelt vom Ehrgeiz, einmal jemand zu werden, der in Algerien zählt. Was sein Sohn da getan hatte, hat ihn regelrecht in Panik versetzt. Er wollte, dass seine Kinder ihr Studium im Ausland abschliessen, weit weg von Algerien, sie sollten verschwinden, damit er endlich freie Bahn hätte. Dann und erst dann wäre er wirklich so frei, offen zu sprechen, ohne um sie fürchten zu müssen. Erst dann würde er wirklich rebellieren können, zusammen mit denen aus seiner Generation, die nur darauf warteten.

Zu wissen, dass sein Sohn in eine Geschichte verwickelt war, die zwei der wichtigsten Generäle der Armee betraf, dass er auf der Gendarmerie verhört worden war und jetzt noch vor Wut schäumte, somit fähig war, weitere Dummheiten zu begehen, versetzte ihn in Panik. In dieser Nacht fand er keinen Schlaf. Seine Frau ebenso wenig. Hand in Hand lagen sie in ihrem grossen Ehebett aus massiver Eiche, mit offenen Augen, und zerbrachen sich den Kopf, wie sie Jussef helfen könnten.

11

Mahdi und Dschamil hatten versucht, von Jussef und seinen Freunden Genaueres zu erfahren. Letztere blieben dem Bolzplatz mittlerweile fern. Sie hockten ein paar Häuserblocks weiter und rauchten Marihuana. Ines hatten die beiden Jungs nichts davon erzählt, am Ende würde sie noch mitkommen wollen und nicht verstehen, dass die Jugendlichen aus dem Viertel sie nicht ernst nehmen würden, wenn sie mit einem Mädel anrückten, so hübsch und fussballbegabt sie auch sein mochte.

Sie versuchten, ihre Stimme ganz ruhig klingen zu lassen, wenn sie die Grossen ausfragten, was genau da passiert war. Die Jugendlichen erzählten ihnen die ganze Geschichte, vom Handgemenge mit den Generälen, von den Waffen, dem Tritt unter die Gürtellinie, der alten Adila mit ihrer Krücke, den Gendarmen, dem Risiko, im Knast zu landen.

Mahdi und Dschamil trauten sich zwar, Fragen zu stellen, blieben dabei aber immer ein bisschen auf Abstand zu den jungen Männern, denn sie wussten ja, wenn sie sie bedrängten, würden die dichtmachen, sie zurückweisen, wie Rotzbengel behandeln. Man musste geschickt sein, so tun, als wäre das Ganze nicht sonderlich wichtig, durfte trotz des penetranten Marihuanageruchs auch die Luft nicht allzu geräuschvoll durch die Nasenlöcher ziehen, musste so tun, als sei das alles völlig normal, damit die anderen vergassen, wie jung man war, und sie wie ihresgleichen behandelten. Und vor allem durfte ihre Stimme nicht beben, sie mussten sie tiefer machen, durften nicht stottern.

»Werden die Generäle noch mal wiederkommen?«, fragte Mahdi, während er sich so fühlte, als würde er vom Rauch gleich ohnmächtig.

»Aber sicher, was glaubst du denn?«, erwiderte Jussef, der für einen Augenblick schwieg, bevor er mit gedämpfter Stimme nachschob: »Bei dem ganzen Schmiergeld, das sie da investiert haben, um an den verdammten Platz heranzukommen …«

»Werdet ihr weiter gegen sie kämpfen?«

Niemand antwortete ihm. Die Grossen zogen weiter stumm an ihren Joints und starrten auf ihre Handys. Dschamil nieste. Die anderen lachten blöd.

Die beiden Jungs verabschiedeten sich, wieder keine Reaktion. Wortlos machten sie sich zum Haus von Ines auf. Unter ihrem Fenster riefen sie nach ihr. Zu klingeln trauten sie sich nicht, lieber brüllten sie vor dem Haus ihren Namen.

Alle drei liessen sie sich auf dem Gehweg gegenüber dem Bolzplatz nieder. Seit der Auseinandersetzung traute sich niemand mehr, Fussball zu spielen. Keine Einzäunung, keine Absperrung, kein Wächter, allein der kurze Auftritt der Generäle hatte es geschafft, ihren Bolzplatz in Privatgelände zu verwandeln.

Ines hielt einen langen Stock in der Hand, mit dem sie Zeichen in die feuchte Erde ritzte. Zahlen, runde Köpfe, Buchstaben. Links von ihr tauchten ab und zu ein paar

Kinder auf, die Fangen spielten und dann wieder in den Seitenstrassen verschwanden.

Es war der 9. Februar und schon nach 17 Uhr. Sechs Tage waren vergangen, seit die Generäle hier aufgekreuzt waren, um das Leben im Viertel auf den Kopf zu stellen. Es hatte aufgehört zu regnen, aber es war ein starker Wind aufgekommen, der in heftigen Böen wehte. Die Kinder fröstelten, kauerten eng beieinander, schwiegen vor sich hin.

Es war schon dunkel oder doch fast, als die Idee in ihren Köpfen keimte. Erst sagten sie sich, dass das doch der helle Wahnsinn sei. Dann, dass eigentlich nichts schiefgehen könne. Sie diskutierten lange, wurden immer aufgeregter, stellten mit Hilfe des Stocks im Matsch Berechnungen an, tüftelten tausend Pläne aus. Sie erwogen, die Jugendlichen ins Vertrauen zu ziehen. Jeder brachte Argumente dafür und dagegen vor. Das Für war einfach: Sie wären zahlreicher, stärker, zuversichtlicher. Die Jugendlichen hatten sich schon gegen die Generäle geschlagen, sie hatten es sogar fertiggebracht, ihnen ihre Waffen wegzunehmen. Das Wider liess sich auf einen einzigen Punkt reduzieren: Sie hatten nicht geantwortet, als Mahdi gefragt hatte, ob sie den Kampf fortsetzen würden, und einer von ihnen hatte sogar höhnisch gelacht, es war also anzunehmen, dass die drei, wenn sie ihnen von ihrem Plan erzählten, auf taube Ohren stiessen oder gar Spott ernteten.

Und am Ende, als sämtliche Argumente gesichtet und mit Sicherheit alles ausdiskutiert war, fragte Ines: »Wann legen wir los?«

Mahdi daraufhin: »Erst mal müssen wir alles zusammenhaben.«

Dschamil pflichtete ihm bei: »Wir müssen auch mit den anderen darüber reden, mit den Kids in der Schule, denen vom Viertel und sogar denen, die weiter weg wohnen, und sie dazu bringen, sich uns anzuschliessen.«

Ines war einverstanden. Nochmals gingen sie zu dritt die Liste dessen, was sie alles brauchten, durch. Dann ein Schweigen, das sich in die Länge zog.

Schliesslich schlug Ines vor: »Wir können uns ja zwei oder drei Wochen geben, um alles zu finden. Und im März legen wir dann los.«

»Das klingt gut, aber sind wir nicht doch vielleicht ein bisschen verrückt?«, fragte Dschamil.

»Klar sind wir verrückt«, antwortete Mahdi und lachte, »genau deshalb wird es ja funktionieren!«

Da sassen sie nun, die drei Kids, die Mäntel bis unters Kinn zugeknöpft, steckten lachend die Köpfe zusammen und heckten umstürzlerische Pläne aus.

In den Köpfen grosser Leute schmieden Kinder keine Umsturzpläne, und sie kämpfen auch nicht. Käme auch nur ein Erwachsener in diesem Land drei Sekunden lang auf die Idee, ein Kind könnte Pläne aushecken, sich gegen die bestehende Ordnung wehren oder was auch immer dieser Art, ohne von einem Grossen oder einer ausländischen Regierung manipuliert oder dazu gedrängt worden zu sein, man würde diese Kids längst abhören, ausspionieren, verhaften. Man würde Internierungslager extra für Kids erfinden.

12

Mehrere Kilometer von Mahdi, Ines und Dschamil entfernt tranken General Athman und General Saïd zusammen mit Mohamed, Jussefs Vater, Kaffee. Auch die Damen waren zugegen, General Athman hatte darauf bestanden, sie alle bei sich zu Hause, in seiner stattlichen Villa, zu empfangen – in aller Schlichtheit, wie er betonte.

Als General Saïd auf Mohameds Handy angerufen und ihm vorgeschlagen hatte, zu Kaffee und Kuchen zu seinem Freund zu kommen und von Soldat zu Soldat zu plaudern, hatte er grössten Wert darauf gelegt, dass der pensionierte Oberst auch seine Gattin mitbringt. »Es wäre unseren Frauen eine grosse Freude, ihre Bekanntschaft zu machen, die Damen werden gemeinsam Tee trinken, und gleichzeitig können wir unter Männern diskutieren und uns näher kennenlernen.«

Es war eine ausgesprochen höfliche Einladung. Mohamed fühlte sich verpflichtet, sie anzunehmen. Zuvor aber ging er seinen Freund Scherif besuchen. Beide alberten sie herum wie zu Schulzeiten, als sie an ihre Regimentszeit zurückdachten. Sie hatten ja kaum gewagt, den Blick zu heben, wenn ein General in der Kaserne auftauchte, und nun war Mohamed unterwegs ins Privathaus eines dieser Generäle! Selbst wenn er sich rühmte, dass die höheren Dienstgrade ihn nicht weiter beeindruckten, und es noch so oft wiederholte, dass er die Armee aus freien Stücken verlassen, sich auf eigenen Wunsch zur Ruhe gesetzt habe, ohne darauf zu warten, dass die Armee ihn zum Abgang zwinge, *genau so und nicht anders, mein Herr,* kam er doch nicht umhin, stolz auf diese Einladung zu sein und sich zugleich etwas darauf einzubilden, dass sein Sohn ebendiesen Generälen genug Angst eingejagt hatte, dass sie ihm ihre Haustür öffneten.

Mohamed wählte einen dunklen Anzug zum weissen Hemd. Er rasierte sich sorgfältig, polierte seine schwarzen Schuhe blank und zog einen Regenmantel über. Seine Frau zögerte lange, was sie anziehen sollte, und entschied sich zuletzt für ein Blümchenkleid, das zwar ein bisschen aus der Mode war, aber immerhin in Italien gekauft, und sie fügte noch ein paar Goldklunker hinzu, aus Angst, in den Augen der Generalsgattinnen zu schlicht zu wirken. Goldene Ohrringe, mit Diamanten besetzt, dazu ein Goldcollier und an jeder Hand zwei Ringe.

Bevor er ins Auto stieg, hatte Mohamed Jussef noch die Leviten gelesen, ihm erklärt, dass er nun losziehen und vor dem General zu Kreuze kriechen müsse, damit dieser seine Klage fallen lasse, und dass er unter keinen Umständen seinen Sohn je wieder auf diesem Gelände herumlungern sehen möchte.

»Ich verbiete dir sogar, dieses verdammte Grundstück auch nur anzusehen. Tu so, als hätte es nie existiert, verstanden?«

Jussef hatte mit gesenktem Kopf zugehört. In seinem Innersten, ganz tief drin, wo die Ideale sassen, die er noch nicht komplett verloren hatte, wusste er, dass es nicht den geringsten Anlass gab, sich bei den Generälen zu entschuldigen, doch fehlte ihm der Mut, das seinem Vater so zu sagen.

Je näher der vereinbarte Zeitpunkt rückte, umso angespannter wirkte das Paar. Sie schienen derart beeindruckt und eingeschüchtert, dass es schon rührend war. Jussef beobachtete das Gesicht seines Vaters, das ihm faltiger als sonst vorkam. Die dunklen Ringe um die Augen seiner Mutter fielen ihm auf, sie wirkte völlig verhuscht. Und der junge Mann verübelte es sich, seinen Eltern solchen Kummer zu machen.

Unfähig, noch länger zu warten, beschlossen Mohamed und seine Frau, ins Auto zu steigen und loszufahren, denn wer weiss, ob es am Ende nicht noch irgendwo einen Verkehrsstau gab, und mit Verspätung bei Generals anzutreten, das ging ja gar nicht.

Sie kamen viel zu früh dort an, und Mohamed parkte entsprechend weit weg, ausserhalb des Radius der Überwachungskameras. Sie warteten im Wagen und parlierten mit angestrengter Munterkeit.

Als es endlich Zeit war, startete Mohamed den Motor und rollte gemächlich die Strasse entlang, auf das grüne Portal zu. Klingeln mussten sie nicht, das Tor ging von selbst vor ihnen auf. Ein Wachmann winkte sie herein und wies ihnen einen Parkplatz zu.

Beide Generäle empfingen sie auf der Türschwelle, gemeinsam mit ihren Ehefrauen. Fast schon überstürzt, mit breitem Lächeln, schüttelte Mohamed seinen Gastgebern die Hand. Die Frauen begrüssten einander mit grosser Herzlichkeit.

Das Haus war geräumig und lichtdurchflutet. Man liess sich im Empfangssalon nieder, die Männer in der einen Ecke, die Frauen in einer anderen. Die Generäle zündeten sich eine Zigarette an, während ein Dienstmädchen Kaffee und Honiggebäck servierte. Die Gattinnen schenkten sich Tee ein.

General Athman trug eine weisse Gandura, während General Saïd seine Uniform anbehalten hatte, die ihn gleich als den Chef auswies. Das Dienstmädchen, mit dunklem Kopftuch und langem, weit geschnittenem Hauskleid, in abgetragenen Babuschen, versuchte, sich so unauffällig wie möglich zu verhalten. Niemand hatte ein Wort des Dankes für sie.

Die Generalsgattinnen stellten Mohameds Frau jede Menge Fragen zum Leben in Dely Brahim, die sie, so gut sie konnte, zu beantworten versuchte.

»Sind die Nachbarn dort nett?«

»Im Allgemeinen schon …«

»Ich muss zugeben, dass wir beim Gedanken, dort zu leben, seit dieser Schlägerei alle beide in Panik sind. Wir haben schlaflose Nächte. Wir haben Angst um unsere Männer und Kinder.«

»Aber wissen Sie, Dely Brahim ist normalerweise eine sehr sichere Gegend …«

»Und die alte Dame mit ihrer Krücke, die gerade gegenüber unserem Grundstück wohnt, kennen Sie die gut?«

»Ach, die ehemalige Mudschahida, Adila? Ja, klar, die kennt jeder.«

»Sie sieht wie eine Verrückte aus, oder? Ich habe sie

neulich abends im Fernsehen gesehen, Canal Algérie hatte sie eingeladen, um über ihren Verein zu sprechen.«

»Ach ja, die hab ich auch gesehen! Das ist ein Verein, der alleinstehenden Frauen hilft, oder?«

»Frauen, die geschlagen werden …«

»Ah ja, nun, ich habe sie als sehr … wie soll ich sagen, als sehr harsch empfunden, ja, ich glaube, das trifft es. Sie kam mir regelrecht bösartig vor.«

»Das ist sie ganz und gar nicht, glauben Sie mir, sie ist wirklich phantastisch.«

»Wirklich?«

»Ja, im ganzen Viertel liebt man sie, und wenn sie einem irgendwie helfen kann, ist sie immer gleich zur Stelle …«

»Na ja, unseren Männern hat sie nicht gerade geholfen!«

»Ich weiss, die Situation ist nicht eben leicht für Sie, aber wir wollen Ihnen doch gar nichts Böses.«

»Wissen Sie, Madame, kein Mensch macht sich klar, wie schwer es für uns ist, in einem Land zu leben, in dem die gesamte Bevölkerung uns hasst.«

»Das ist wahr. Alle Welt hasst uns. Man greift uns an, weil unsere Männer Generäle sind. Na und? Ihr Mann ist Oberst, richtig? Das ist gerade mal ein Rang niedriger, wenn überhaupt.«

Mohameds Frau dachte bei sich, dass dieser eine Rang niedriger doch ziemlich viel ausmachte und dass es da abgesehen vom Rang auch noch ganz andere Unterschiede gab.

»Genauso ist es, und uns hasst man auch, weil wir die Frauen der Generäle sind. Man beleidigt unsere Kinder.

Und sogar unsere Enkelkinder, die noch gar nicht richtig laufen können.«

»Sie wissen ja, wie das ist … Es sind Kinder, und sie spielen schon immer Fussball auf diesem Gelände. Dort gibt es sonst weit und breit nichts für sie … Sie wollten sich nur verteidigen und haben sich wohl danebenbenommen, aber mit dem Rang Ihrer Männer hat das Ganze nichts zu tun. Wenn das Buchhalter gewesen wären, hätte es sich genauso zugetragen, glauben Sie mir.«

»Oh, das glaube ich nicht! Wenn unsere Männer keine Generäle wären, würde man sie nicht dauernd angreifen. Sie können sich ja nicht vorstellen, was wir alles auszustehen haben! Anrufe von Verwandten, die wütend auf dich sind, weil du dich weigerst, in ihrem Namen zu intervenieren. Was möchten sie denn? Dass wir unsere Tage damit zubringen, Genehmigungen aufzutreiben, Gerichtsurteile annullieren zu lassen oder ihnen die Immatrikulation an der Universität zu erleichtern?«

»Ganz zu schweigen von den Freunden, die einen anrufen, weil sie einen Partner brauchen, um dieses oder jenes Geschäft durchzuziehen. Und jedes Mal, wenn wir nein sagen, wenn wir uns weigern, das Gesuch an unsere Männer weiterzuleiten, werden wir aufs übelste beschimpft.«

»Und dazu die Anwürfe der Presse. Kein Tag vergeht, an dem unsere Männer nicht als Karikaturen in den Zeitungen erscheinen!«

»Ehrlich, meine Damen, ich versichere Ihnen, für meinen Sohn war das absolut keine persönliche Sache … Dienstgrade sind ihm völlig egal …«

»Aber natürlich war das persönlich! In diesem Land werden hochrangige Offiziere permanent angegriffen. Wissen Sie, die Gendarmerie hat uns Informationen über Ihren Sohn zukommen lassen. Scheint, dass er Drogen nimmt …«

»Mein Sohn ist ein ehrlicher Junge! Er ist ein guter Mensch!«

»Er hat unsere Männer attackiert …«

»Was ihm sehr leidtut.«

»Aber entschuldigt hat er sich bisher nicht bei uns.«

»Das … das wird er schon noch tun, glauben Sie mir. Er ist ein brillanter Student, er ist in der Hitze des Gefechts einfach mitgerissen worden …«

»Wissen Sie, Madame, unsere Männer haben dieses Grundstück völlig legal erworben. Wir können eine Besitzurkunde vorweisen. Wenn Sie wollen, können wir sie Ihnen zeigen, wir können sie sogar Ihrem Sohn und dieser Madame Adila zeigen.«

»Aber nicht doch, das ist doch gar nicht nötig, wir glauben Ihnen ja …«

»Was denn dann? Was sollen wir denn sonst noch tun? Wir kaufen ein Grundstück, von dem man uns sagt, dass es Brachland ist, geben ein kleines Vermögen dafür aus, o ja, dann werden unsere Männer angegriffen, und trotzdem laden wir Sie zum Tee zu uns nach Hause ein, das zeigt doch, wie unkompliziert und wenig nachtragend wir sind.«

»Dafür sind wir Ihnen auch sehr dankbar, mein Mann und ich, seien Sie versichert, wir haben mit unserem Sohn geredet, er darf nie wieder auf Ihr Grundstück.«

»Ach, das höre ich gern, wie bin ich froh, dass wir uns verstehen. Bald sind wir Nachbarinnen, da ist es doch hilfreich, wenn man ein gutes Verhältnis hat.«

Die Männer ihrerseits sprachen über Algerien. Sie liessen die Geschichte Revue passieren, redeten über die Regimenter, in denen sie gedient hatten, ihre Jahre im Ausland, in Russland, England. Der Ton war liebenswürdig, entspannt. Mohamed kam sich wichtig vor. Die beiden Generäle, die zu den bedeutendsten der Armee gehörten, hörten ihm wohlwollend zu, begegneten ihm mit Respekt. Mohamed bemühte sich, mit sanfter Stimme zu reden und die Hände ruhig zu halten. Obwohl er die Armee längst verlassen hatte, brachte die Tatsache, hier vor den hochrangigsten Offizieren zu sitzen, ihn doch aus dem Lot. In weichen Sofakissen neben General Saïd und General Athman zu versinken, über die er so viel gehört hatte, schüchterte ihn ein. Er hatte Angst, zu dick aufzutragen. Rangunterschiede lassen sich nur schwer ausradieren, selbst wenn man längst ins zivile Leben zurückgekehrt ist. Mohamed musste ein wenig Selbstdarstellung betreiben, um sich Anerkennung zu verschaffen. Er richtete sich auf, versuchte, gerade zu sitzen, das steife Lächeln abzuschütteln, das auf seinem Gesicht, wie er wusste, festgefroren war. Doch er hielt nur wenige Augenblicke durch.

Saïd erkundigte sich überaus höflich: »Wie ist denn die Ausrichtung Ihrer neuen Partei?«

»Oh, wir sind für den demokratischen Übergang. Wir möchten das Volk mit der Politik aussöhnen. Wir sehen uns als Fortschrittspartei, die jedoch die Tradition respektiert. Wir glauben sehr an die Demokratie: Die Mitglieder unserer Partei stimmen über jede Entscheidung ab.«

Athman rief aus: »Bravo! Das ist ein schönes Beispiel einer partizipativen Demokratie. Es ist gut, dass es im Land nun solche Initiativen gibt. Darüber spricht man viel zu wenig. Wissen Sie, Oberst Mohamed, die ausländischen Medien stellen uns immer als Diktatur hin, aber haben Sie vielleicht schon mal eine Diktatur gesehen, die in aller Ruhe zusieht, wie eine oppositionelle Partei gegründet wird? Wo zwei Generäle gemütlich mit einem Oppositionsführer Kaffee trinken?«

Verlegen, versuchte Mohamed nun doch, General Athman Kontra zu geben: »In aller Ruhe zusieht, das erscheint mir doch etwas übertrieben ... Man hat mir jede Menge Steine in den Weg gelegt: das Zulassungsgesuch ist mindestens zweimal ›verlorengegangen‹, man hat mich systematisch beschattet und ...«

Athman protestierte: »Aber wer wird hier nicht beschattet? Sogar ich! Machen Sie sich deshalb nur keine Sorgen, und wenn Sie eines Tages das leiseste Problem haben, dann rufen Sie mich an, es wird mir eine Freude sein, Ihnen zu helfen. Wir brauchen doch Männer wie Sie.«

Saïd stimmte ihm zu: »Die Armee hat Ihnen geholfen, zu werden, was Sie heute sind. Sie verdanken ihr viel, so wie auch sie Ihnen viel verdankt. Das Land ist nicht bereit für einen Wechsel. Wir haben gerade erst den Terrorismus überwunden.«

Mohamed, froh über all die Komplimente, spürte, wie sein Selbstvertrauen wuchs, und erlaubte sich, Saïd zu widersprechen: »Aber Herr General, der Terrorismus wurde schon vor gut zehn Jahren ausgemerzt …«

»Gewiss, aber es fehlt dem Land noch an Stabilität, die Bevölkerung ist nicht bereit für einen Regimewechsel.«

»Mag sein, doch es ist an uns, hierfür die Weichen zu stellen …«

General Athman lachte gutmütig. »Nun, nun, wir werden uns jetzt doch nicht zanken. Bitte, so greifen Sie doch zu, probieren Sie mal dieses köstliche Gebäck, und einen Kaffee trinken Sie gewiss auch noch!«

Die Männer bedienten sich, dann ergriff General Saïd das Wort: »Wissen Sie, Mohamed, wir wollen ernsthaft unsere Häuser auf diesem Grundstück bauen. Wir werden dort mit unseren Familien leben. Wir möchten uns gern in den Stadtteil einbringen und würden uns freuen, wenn wir dazu beitragen könnten, dass die Cité du 11-Décembre insgesamt lebenswerter wird. Denken Sie darüber nach, ich bin mir sicher, dass Sie mit uns der Meinung sind, dass diese Störmanöver aufhören müssen.«

Auf der Rückfahrt fiel kein einziges Wort. Mohamed war nicht unzufrieden mit dem Verlauf seines Nachmittags. Seine Frau dagegen fühlte sich gedemütigt, aber sie erzählte ihrem Mann nichts davon. Jeder ging im Geist noch einmal durch, was er hätte anders sagen oder tun können.

Mohamed fuhr den Wagen rasch in die Garage und kam gleich wieder heraus. Er rief Scherif an und schlug ihm einen Bummel durchs Viertel vor. Scherif brauchte nicht lange, um bei seinem Freund zu sein, er brannte vor

Ungeduld, zu hören, wie der Besuch bei den Generälen verlaufen war. Mohamed erzählte ihm alles. Das grosse Haus, der grosse Fuhrpark, der Wachmann am Eingang, aber auch wie unkompliziert die Generäle waren und wie aufmerksam sie ihm zugehört hatten.

»Ich glaube, was ich ihnen erzählt habe, hat sie wirklich interessiert«, fügte er noch hinzu. »Ich hoffe, sie werden die Anzeige gegen Jussef fallen lassen. Ich mache mir grosse Sorgen um ihn.«

»Ich verstehe, Mohamed, ich bin mir sicher, dass sie das Ganze auch herunterspielen wollen, und alles wird sich beruhigen. Aber … sag mal, was haben sie wohl damit gemeint, wenn sie sagen: ›Wir möchten uns gern in den Stadtteil einbringen‹?«

»Ich weiss nicht, ob sie da schon klare Vorstellungen haben, aber wenn wir die Generäle auf unserer Seite haben, dann wird sich nach all den Jahren endlich etwas bewegen.«

»Glaubst du, sie können es durchsetzen, dass unsere Strassen endlich asphaltiert werden?«

»Natürlich! Glaubst du denn, dass zwei Generäle das Rathaus nicht in die Pflicht nehmen könnten, ein paar Strassen zu asphaltieren? Na, das bekommen die doch mit zwei Anrufen hin!«

»Ich kann es kaum erwarten, zu sehen, was für ein Gesicht der Bürgermeister macht, wenn die Generäle von ihm verlangen, dass er sich um unsere Strassen kümmert.«

Als sie am Bolzplatz vorüberkommen, haben Mohamed und Scherif keinen Blick für die drei Kids, zwei Jungs und ein Mädchen, die da am Boden sitzen.

13

Man müsste es über sich bringen, all die üblen Geschichten zu erzählen, jene, an die man sich nur ungern erinnert, jene, die man tief in sich drin verscharren wollte. Man müsste alle Scham vergessen, allen die Narben zeigen, die man noch immer auf dem Rücken hat, die kaum einer gesehen hat, und müsste die Wörter ausschreiben, die nur schwer zu buchstabieren sind: Folter, Krieg, Unabhängigkeit.
Dann müsste man von den Schwarzen Jahren erzählen, den Jahren des Terrors, die kaum drei Jahrzehnte nach der Unabhängigkeit über uns hereingebrochen sind. Die Dinge beim Namen nennen, über den Terrorismus schreiben, über diese Männer, die gefoltert, getötet, vergewaltigt haben. Den Aufstand der Frauen gegen die Islamisten müsste man beschreiben, ihren Protestmarsch. Reden auch über die anderen Frauen, die gegen uns waren und im Grunde gegen sich selbst. Jene, die nicht aufhörten, uns zu erklären, dass wir auf Abwegen seien, umnachtet, irgendwo mitschuldig an der Legitimation des algerischen Systems. Während sie natürlich im Licht waren. Sie hatten ihre Gewissheiten.
Ich hatte noch nie irgendwelche Gewissheiten. Selbst als ich für Algerien kämpfte, wusste ich nicht, ob ich mit den richtigen Leuten, den richtigen Mitteln, den richtigen Waffen kämpfte. Instinkt, ja, den habe ich, aber Gewissheiten?

Alles muss heraus, endlich ehrlich muss man sein, sonst hat es keinen Wert zu schreiben. Zum Beispiel das erzählen, was ich niemand anderem als meinem Ehemann gesagt habe: wie mich dieser französische Offizier verhaftete, als ich siebzehn war, wie er mich folterte, damit ich auspacke. Sicher, da war die Demütigung, die seiner Blicke, der Blicke seiner Freunde, die nur Hohn und Spott für mich hatten, auf meinem nackten Körper, aber vor allem war da die Angst. Von der Angst ist nie die Rede, wenn man vom Krieg spricht. Dabei hatten wir Angst: Angst zu scheitern, Angst, dass alles umsonst gewesen sein könnte, denn wer weiss schon, was aus einer Revolution einmal wird? Revolution? Ist toll, ist blöd und am Ende oft nur traurig, wie mein verstorbener Mann immer sagte.

Hier legte Adila den Stift aus der Hand, um noch einmal diese Notizen zu lesen, die sie in ein schwarzes Heft eintrug, das seit Jahren in ihrer Schreibtischschublade lag. Bis vor kurzem hatte sie kein Bedürfnis verspürt, ihre Erinnerungen zu Papier zu bringen oder von der Vergangenheit zu reden. Sie hatte es immer mit der Gegenwart gehalten und stets für eine bessere Zukunft gekämpft, doch seit ein paar Monaten fällt ihr das Laufen recht schwer, sie gerät leicht ausser Atem, und ihr ganzer Körper scheint sich zu sträuben, wenn sie aus dem Haus gehen will.

Zum ersten Mal im Leben beschleicht sie die Befürchtung, ihre Vergangenheit könne mit ihr untergehen. Selbst ihre Tochter weiss so gut wie nichts von ihrer Jugend und der ihres Mannes. Also hat Adila begonnen, sich Notizen zu machen, und versucht, sich zu erinnern, wie ihr Alltag im Algerienkrieg aussah, ihre Jahre als Aktivistin, das Leben im Untergrund, das sie zum Leidwesen ihrer Mutter geführt hat.

Dort war ihr der begegnet, der später ihr Ehemann würde, auch davon wollte sie erzählen, weil es all das einmal gegeben hatte, weil Männer und Frauen sich trafen, weil es Momente der Freude, der Verlassenheit, der Aufregung gab. Sie alle lebten in beständiger Gefahr, jeden Moment für eine Sache zu sterben, die sehr viel bedeutender war als sie selbst.

Doch nicht nur von einer Epoche wollte Adila erzählen, vor allem wollte sie berichten, was aus diesen Frauen geworden war, die im Krieg gekämpft hatten, bevor sie mitansehen mussten, wie ihre Rechte zunehmend von den Männern, aber auch von Frauen beschnitten wurden. Sie wollte erzählen vom Gefühl der Erniedrigung, das sie empfand, als eine Regierung nach der anderen ihr erklärte, dass sie als Frau ja auf ewig minderjährig sei. Sie wollte Worte finden können, die ihre Wut darüber ausdrückten, dass sie fortwährend herabgewürdigt wurde, mitunter sogar von Männern, die den ganzen Krieg über unsichtbar waren, feige in ihren Häusern versteckt.

Ein gewaltiges Pensum hab ich da vor mir, denkt Adila, während sie ihre Aufzeichnungen nochmals überfliegt.

»Ein gewaltiges Pensum«, murmelt sie dem Goldfinken zu, der sie beobachtet, »aber das bin ich meiner Tochter schuldig.«

Jasmin, das einzige Kind, das ihr seit dem Tod ihres Sohnes verblieben ist. Sollte sie in ihren Memoiren diesen Sohn überhaupt erwähnen oder die ganze Tragödie besser verschweigen? Wie sollte sie es erzählen? Vielleicht ganz an den Anfang zurückgehen, bis zur Geburt ihrer Kinder. Ihr Mann war so glücklich gewesen, wie bei Königs, wie bei Königs!, rief er ein ums andere Mal aus, erst ein Junge, dann ein Mädchen und überhaupt erst meine Frau! Und Algerien! Ja, damals war Algerien keine zwanzig Jahre jung, es war das Algerien des Präsidenten Chadli Bendjedid, ein seltsames Zwitterding, halb mafiöses Regime, halb lächerliche Diktatur. Wie man da wieder herauskommen sollte, wusste kein Mensch.

Wir hatten so hart gekämpft, dass wir erschöpft waren.

Adila erinnert sich an die stundenlangen Schlangen, wegen jeder Kleinigkeit Schlangen, die leeren Geschäfte, die Wirtschaftskrise, dieses Land, das sich sucht, ohne sich je zu finden, und überall dieselben politischen Diskurse: Arabität, Islam, Traditionen, Sozialismus. Haben sie genug gekämpft? Vermutlich nicht, gesteht Adila sich ein, sie wird nicht umhinkommen, sich in ihren Memoiren einer Gewissensprüfung zu unterziehen, auf keinen Fall die Vergangenheit verklären, sich bloss nicht zur Heldin und Kriegerin stilisieren, sondern auch zugeben, dass der Freudentaumel über Algeriens Unabhängigkeit jahrelang die Härte der nachfolgenden Regimes übertüncht hat, und, nicht zu vergessen, die beiden Kleinen, um die sie sich kümmerte und die ihre Zeit vollauf in Anspruch nahmen.

Adila greift nach ihrem Stift und schreibt weiter:

Vom Dezember 1991 erzählen. Zurück zu den Unruhen von 1988. Als die Armee mit ihren Panzern in die Städte einrollte. Diese Bastarde! Diese Verräter! Dass sie es wagten, ihre Panzer gegen uns auffahren zu lassen. Der Oktober 88, den wir nie vergessen werden, denn das Militär hat auf unsere Kinder geschossen. Das verzeihen wir nie.
Präsident Bendjedid kündigt eine neue Verfassung an. Von einem Tag auf den anderen erlaubt der Staat die Gründung von Verbänden, politischen Parteien, Presseorganen. Sich an die Euphorie erinnern, mit der wir das Erscheinen der ersten freien Zeitungen Algeriens begrüsst haben. Die witzigen Karikaturen. Die meisterhaft geschriebenen Leitartikel. Einige hab ich aufgehoben, in ein Schulheft geklebt.
Aber bloss nicht vergessen: das Misstrauen auch, das gegenüber den neuen Parteien herrschte. Alles nur Männer und so wenig Frauen. Und dann, ein Jahr später, tritt die Islamische Heilsfront auf den Plan. Zugegeben: Die Gefahr, die von ihr ausging, habe ich nicht gleich erkannt. Ich glaubte nicht daran.
Wo war ich denn damals? Was machten wir?
Die Algerier waren erschöpft, verarmt infolge der Wirtschaftskrise, zornig auf eine Regierung, die nicht an Demokratie glaubte und sie permanent wie Minderjährige bevormundete.
Der Bruder meines Mannes ging immer öfter in die Moschee. Er berichtete mir von den grossen Predigten, brachte mir Audiokassetten mit, wollte, dass ich sie mir anhöre, sie würden mir »helfen«. Mir helfen wobei?, erwiderte ich lachend. Mein Mann aber lachte nicht. Und wenig später hörten die Besuche seines Bruders bei uns auf.

Die Stadt war, oh, wie soll ich sagen, in Wallung? Nein, das war es nicht. Die Atmosphäre war lastend, drückend, angespannt. Etwas lag in der Luft, das spürten wir. Die Geschichten der Menschen glichen einander auf traurige Art. Überall waren die Verhältnisse prekär, war die Stimmung am Boden, herrschte Wohnungsnot, war es schwierig mit dem Heiraten, gab es Probleme mit der medizinischen Versorgung. Immer lauter wurde auf den Staat geschimpft. Und sie, sie waren da. Mit ihrem Bart. Sie reichten allen Bedürftigen die Hand.
Die da oben sprachen so schlecht über uns. Erhoben alle nur denkbaren Vorwürfe gegen uns. Beim leisesten Protest erklärte man uns, wir würden aufseiten des Auslands stehen und wollten Algerien nur destabilisieren.
Bei den ersten freien Parlamentswahlen stimmten die Leute in grosser Zahl für die neue islamistische Partei. Ich erinnere mich an meine Angst an dem Tag, als ich erfuhr, dass die Partei, die einen Gottesstaat nach iranischem Vorbild wollte, auf nicht weniger als 188 Sitze gekommen war, weit vor der Front Sozialistischer Kräfte, die gerade mal 25 Sitze errang. Und der FLN landete mit 15 Sitzen mit Ach und Krach auf dem dritten Platz.
Wo war ich denn damals? Ich kümmerte mich um meine Kinder. Sie nahmen meine ganze Zeit in Anspruch. Haben wir wirklich unser Bestes gegeben? Oder hatte der Kampf für die Unabhängigkeit uns am Ende doch völlig ausgelaugt? War es noch unsere Aufgabe, uns zu schlagen? Im Grunde dachten wir wohl, die Unabhängigkeit markiere das Ende des Kampfes, dabei hätten wir erneut zu den Waffen greifen müssen.
Für die algerische Regierung war es ein Schock. Niemand hatte einen solchen Wahlsieg der Islamischen Heilsfront für

möglich gehalten. Erst hatten sie in allen Fernsehsendern der Welt verkündet, die Wahlen würden frei und fair verlaufen, und nun gaben sie Interview um Interview, die Minister und die politischen Führer, in denen sie ebendiese Wahlen heftig kritisierten und betonten, dass es da noch immer Grauzonen gebe, die Zahl der Enthaltungen beträchtlich sei und das Wahlergebnis nicht im mindesten die Meinung der Algerier widerspiegele. Ich erinnere mich noch, wie ungeheuer lächerlich sie waren. Wo sind sie heute? Noch immer da, in Ministerien, Botschaften, Staatsbetrieben untergeschlüpft.

Wir wissen, was dann kam, aber ich muss es trotzdem erzählen. Zwei kontroverse Richtungen innerhalb der Regierung: hier Präsident Chadli Bendjedid, der das Wahlergebnis akzeptiert und mit den Islamisten verhandeln möchte. Er war ohnehin ein Schwächling. Dort sein Premierminister und die Generäle, die jeden Gedanken an ein islamistisches Algerien von sich weisen und keine Sekunde erwägen, sich die Macht mit der Islamischen Heilsfront oder wem auch immer zu teilen. Die politischen Parteien, die freie Presse und eine Mehrheit der Abgeordneten, Industriellen und Künstler machen gleichfalls Front gegen das Wahlergebnis. Alle beschwören das Gespenst der islamistischen Gefahr herauf. Den Iran in Algerien? Niemals. Nein, niemals, doch natürlich fühlen wir uns unwohl dabei. Wir wollten die Demokratie, doch uns missfällt das Resultat der Stimmauszählung, und schon sind wir auf der Strasse, um zu protestieren. Wir fühlen uns unwohl, ich wiederhole mich, aber habe ich das damals auch so gesagt? Nein, denn man hatte uns erfolgreich eingetrichtert, dass es nur zwei mögliche Lager gab: die Islamisten und die Armee.

Einige Parteien riefen trotzdem zu einer Kundgebung für den 2. Januar 1992 auf. Wir brüllten: »Weder Polizeistaat noch Islamistenstaat!« Wir hofften, wir könnten die Algerier, und besonders die Nichtwähler, davon überzeugen, in der zweiten Runde anders zu wählen. Dass es längst zu spät und das Ganze ein abgekartetes Spiel war, wussten wir nicht, wussten nicht, dass die Generäle keinen zweiten Wahlgang mit ungünstigem Ausgang für sie riskieren wollten. Am 11. Januar 1992, also fünf Tage vor dem zweiten Wahlgang, verliest ein leichenblasser Präsident Chadli Bendjedid in den 20-Uhr-Nachrichten vor den Kameras mühselig seine Rücktrittserklärung. Es wird erzählt, dass Generäle mit im Studio seien, einer ihn mit der Waffe in Schach halte. Aber es wurde vieles erzählt in diesen Tagen!

Die Islamische Heilsfront spricht von Staatsstreich *und ruft zu Massenstreiks auf, um zu verhindern, dass das Wahlergebnis in der Gosse landet. In den Strassen der Hauptstadt fahren Panzer auf. Es ist der Beginn der Gewalt. Der Beginn der blutroten Schwarzen Dekade. Der Beginn des Kriegs. Der Beginn der Massaker. Ich hatte mich zum Schutzschild verwandelt. Hatte meine zwei Kleinen immer bei mir. Es stand ausser Frage, dass Algerien unterging. Ausser Frage, dass meine Kinder in Angst und Schrecken aufwüchsen. Ich verschloss die Augen vor den Entgleisungen des Regimes. Und wieder herrschte Krieg. Bomben, Ausgangssperre, Verdächtigungen. Ich wollte mir einreden, man würde schon rasch eine Lösung finden, aber es dauerte so lange.*

Ein neuer Präsident muss her, einer, der uns einigen kann. Eine charismatische Figur, die keiner Legitimation bedarf. Eine integre Persönlichkeit. Es wird nachgedacht, Namen machen die Runde. Schliesslich einigt man sich: Man ruft nach Mohamed Boudiaf, einem der historischen Anführer im Befreiungskrieg, der seit der Unabhängigkeit im marokkanischen Exil lebt. Man überzeugt ihn, dass sein Land ihn braucht. Am 16. Januar 1992 landet er in Algier. Am 9. Februar wird der Notstand verkündet. Am 4. März die Islamische Heilsfront verboten. Und am 29. Juni wird Mohamed Boudiaf in Annaba von einem seiner Leibwächter ermordet.

Ben Bella Opfer eines Staatsstreichs, Boumediene vergiftet, Bendjedid zum Rücktritt gezwungen, Boudiaf vom eigenen Leibwächter ermordet.

Es herrscht Chaos.

Und ich, die ich mich in unserer Wohnung in Kouba einschliesse und jeden Abend bete, dass mein Mann heil zurückkommt, der zur Armee gegangen ist und Islamisten jagt. Ich spiele mit den Kindern, tue alles, damit sie nicht merken, dass sie im Chaos aufwachsen. Wir bringen Gitter an den Fenstern an, öffnen die Tür nicht mehr, ohne vorher zu fragen, wer da klingelt, und reden im Treppenhaus nicht mehr mit den anderen Mietern.

Im Fernsehen, auf den französischen Kanälen, sehe ich, dass einige der grossen Islamistenführer ins Exil nach Europa gegangen sind. Sie rufen die Algerier auf, gegen den korrupten Staat in den Händen der Generäle zu den Waffen zu greifen, doch die Attentate richten sich nicht nur gegen den Staat. Es sind vor allem die Ärmsten und Bedürftigsten, gegen die man die Angriffe führt.

Es ist die Geburtsstunde der Bewaffneten Islamischen Gruppe. Wir versinken im Terror. Kollektive Massaker an ganzen Dörfern, Bombenexplosionen auf Märkten, in Bussen und Cafés. Ermordung von Künstlern, Journalisten und Intellektuellen. Aber auch von Frauen und Kindern. Die Terroristen verschonen niemanden. Gendarmen, Soldaten, Richter, jeder, der auf irgendeine Weise die Macht oder die Autorität repräsentiert, ganz gleich in welcher Position, auf welchem Verantwortungsniveau, schwebt in Lebensgefahr.

Mein Alltag bestand zu der Zeit nur noch aus Angst und aus Warten.

Wer nicht ins Ausland flüchtet, lebt versteckt, in ständiger Bedrohung. Man rät uns umzuziehen. Das Viertel ist nicht sicher. In Militärsiedlungen mit Wohnblocks wie vom sozialen Wohnungsbau bringt man die Soldaten und ihre Familien nun unter. Ringsum eine Mauer, der Eingang von Soldaten bewacht, die Männer gehen nie ohne Waffe aus dem Haus.

Wir gehen nicht weg. Dreissig Jahre zuvor hatte man mir auch geraten, wegzugehen, mich zu verstecken.

Die Armee verfolgt eine Politik der Säuberung. *In Massen werden Gläubige beim Verlassen der Moscheen verhaftet, geharnischten Verhören unterworfen, gefoltert, ins Gefängnis gesteckt. Tausende junger Menschen verschwinden von heute auf morgen. Es gibt keine Prozesse, keine Leichen. Nie. Und damit müssen wir nun weiterleben.*

Habe ich damals demonstriert oder den Mund gehalten? Habe ich den Frauen geholfen, die noch immer auf die Rückkehr ihres Mannes, ihres Sohnes, ihres Vaters warten? Habe ich sie unterstützt?

Und dann ist da auch noch die Sache mit dem Sohn. Meinem Sohn.

Adila hält inne. Unterstreicht »meinem Sohn«. Wischt die Tränen ab, die zu quellen beginnen. Der Goldfink zwitschert in seinem Käfig.

Sie schreibt weiter:

Im Dezember 1996 studiert mein Sohn an einer Journalistenschule. Im Algerien der Neunziger Journalist zu sein ist, wie Widerstandskämpfer im Krieg zu sein. Es ist ganz genau dasselbe. Wir haben ihnen nie genug gedankt. Manche sind ins Ausland geflohen, viele sind tot, viele bleiben und versuchen zu kämpfen, so gut sie können, immer die Ankündigung, die man ihnen machte, vor Augen: »Wer den Islam mit der Feder bekämpft, wird durch die Klinge sterben.« Es sind ihrer Dutzende, die ermordet werden, wie Tahar Djaout, der schon 1993 durch zwei Kopfschüsse starb, oder Saïd Mekbel, der 1994 in einem Restaurant neben seiner Redaktion erschossen wurde.

Sonntag, 11. Februar 1996, ich erinnere mich. Der 21. Tag des Ramadan. Es regnete. Februar in Algier, das bringt nur Unglück. Ich hasse diesen Monat. Mein Sohn war im Pressehaus, in dem seit 1990 die meisten unabhängigen Zeitungen ihren Sitz hatten. Er wollte seinen Lebenslauf einreichen, sich um einen Praktikumsplatz in einer der Redaktionen bewerben. Er war eben dort angekommen, da explodierte ein Lkw mit 300 Kilo TNT an Bord. Um 15 Uhr 45. Unzählige Male habe ich den Ablauf seither im Geist rekonstruiert:

Der Lkw voller Bomben steht direkt vor dem Pressehaus. Mein Sohn kommt am Empfang an. Er stellt sich vor. Wahrscheinlich lächelt er. Die Bombe explodiert. Er stirbt. Sofort? Ich hoffe es. Ich werde es niemals wissen.

Die Büros dreier Zeitungen, Alger républicain, Le Matin *und* Le Soir d'Algérie, *sind zerstört. Man spricht von rund fünfzig Verletzten und siebzehn Toten. Natürlich gibt es noch weitere. Das Dach ist teilweise eingestürzt. Der Rauch erschwert die Sicht. Überall liegt Glas herum, denn die Scheiben sind zersplittert. Ansonsten nichts mehr: keine Computer mehr, keine Dateien, keine Akten. Inmitten der Trümmer schreiende Menschen.*
Manche Körper sind bis zur Unkenntlichkeit entstellt. Es ist die Hölle, für sie, für mich. Es ist die Hölle, und unser Leben wird nie mehr dasselbe sein.
Einige Zeitungsausschnitte habe ich aufgehoben. Zum Beispiel hier. Omar Belhouchet, Chefredakteur von El Watan, *schreibt: »Dieses Gebäude, das den Namen dessen trägt, der zum ersten Märtyrer der Pressefreiheit in Algerien wurde, Tahar Djaout, besteht nur noch aus Schutt.«*
Sechs Jahre ertrugen wir nun schon die Attentate der Bewaffneten Islamischen Gruppen. Sechs Jahre versuchten die Journalisten, ihre Zeitungen trotz aller Attacken, Drohungen, Einschüchterungen am Leben zu erhalten. Le Soir d'Algérie, *der Journalisten, Büros und Material eingebüsst hat, kommt bei Kollegen unter. Mit deren Hilfe erscheint nach dem Attentat eine Sondernummer. Ich erinnere mich gut. Die Zeitung zu kaufen war für viele von uns eine Art, zu sagen, dass wir weiterkämpften. Klar leistet man Widerstand, aber unter Tränen und in abgrundtiefer Traurigkeit.*
Es ist nicht natürlich, dass ein Elternteil sein Kind zu Grabe trägt. Niemals.
Nach dem Tod meines Sohnes sind wir umgezogen. Wir mussten einfach Kouba und die glücklichen Erinnerungen hinter

uns lassen. Wir haben unsere Sachen und unseren Schmerz eingepackt und uns ein Häuschen in Dely Brahim gekauft, in der Cité du 11-Décembre-1960.

Wenige unserer Nachbarn wissen, worauf sich das Datum 11. Dezember 1960 bezieht, obwohl sie es jedes Mal niederschreiben, wenn sie ihre Adresse angeben müssen. Einige erinnern sich undeutlich, dass es an diesem Tag in Algier und anderen Städten gigantische Demonstrationen für ein unabhängiges Algerien gab, aber abgesehen davon?

Drei Geschichten, drei Versionen.

Der ersten zufolge seien die Demonstrationen vom FLN organisiert worden, um eine Woche vor der Debatte der UN-Vollversammlung zur Algerienfrage Druck auf Frankreich auszuüben.

Der zweiten zufolge waren sie das Resultat eines spontanen Volksaufstandes, ausgelöst durch den Überdruss der sogenannten Eingeborenen an der Kolonialherrschaft. Doch manche behaupten, die Algerier seien nur dem Aufruf eines Verrückten gefolgt, der sie von seiner Parkbank vor dem Monoprix im Belcourt-Viertel aus zur Rebellion angestiftet habe.

Ich erinnere mich, dass meine Mutter am Morgen des 11. Dezember 1960 versucht hatte, mich davon abzuhalten, auf die Strasse zu gehen. Wir waren heftig aneinandergeraten, und ich hatte sie am Ende von mir gestossen, um mich aus ihrer Umklammerung zu lösen. Sie war gestürzt, und unter ihren Verwünschungen hatte ich dann das Haus verlassen. Ich sollte sie zum letzten Mal gesehen haben. Nie bin ich zurückgekehrt.

Auf der Strasse riefen die Algerier: »Es lebe der FLN« oder »Unabhängigkeit für Algerien«. Larbi Ben M'hidi hatte sehr früh begriffen, wie wichtig grosse Volkserhebungen waren. Jahre zuvor hatte er schon gesagt: »Werft die Revolution auf die Strasse, und das Volk wird sie aufheben.« Das Volk hat es vernommen. Es schleudert den Gendarmen, den Europäern und den Soldaten seinen Drang nach Unabhängigkeit ins Gesicht.

Das Belcourt-Viertel war schwarz vor Menschen. Wir waren massenhaft in die europäischen Stadtteile vorgedrungen. Französische Soldaten, die sich in den Häusern versteckt hatten, schossen aus den Fenstern auf uns. Die vor Ort anwesenden ausländischen Journalisten wurden dicht umzingelt, waren dadurch geschützt. Sie mussten in der Lage sein, zu verstehen, was vor sich ging, um dann der Welt zu erzählen, was wir durchmachten. Wir brachten die Verwundeten und die Toten weg. Wir trösteten, so gut wir konnten, Witwen und Kinder, aus denen binnen Minuten Waisen geworden waren. Wir drangen immer weiter vor, wir erreichten die Schlucht der Wilden Frau. Dort habe ich zum ersten Mal den geküsst, den ich ein paar Jahre später heiraten würde. Zwei Schritt von einem Europäer entfernt, dem man gerade die Kehle durchschnitt …

In der Kasbah erklangen die ganze Nacht über die Jubeltriller der Frauen. Wir organisierten uns, so gut es ging, um Lebensmittel zu verteilen. Warmes Brot, Orangen. Ich versteckte mich mit meinem künftigen Ehemann und unseren Freunden in Kellerräumen und Untergeschossen und manchmal auch in Wohnungen mit geschlossenen Fensterläden.

Nicht lange, und andere Städte folgten der Erhebung. Oran, Constantine, Annaba, überall gingen die Algerier auf die Strasse und forderten den Abzug Frankreichs. Einige Tage später bestätigte die UNO das Selbstbestimmungsrecht der

Völker und dass ein schnelles Ende der Krise herbeizuführen sei.
Gleich nach unserer Ankunft in Dely Brahim habe ich einen Goldfinken adoptiert. Ich hatte meinem Sohn, als er noch ganz klein war, einen geschenkt, und ich erinnere mich noch, wie traurig er war, als der Vogel starb. Der Goldfink, eine der wenigen von meiner Mutter überlieferten Traditionen … Ich gewöhnte es mir an, mich einmal am Tag neben ihn zu setzen und ihm zuzuschauen. Der Vogel musterte mich durch die Gitterstäbe hindurch, sang mitunter ein wenig, knabberte an seinen Körnern. Das reichte schon, damit ich mich besser fühlte.
Mein Mann wurde ziemlich schnell krank, zu krank, um noch arbeiten zu können. Stundenlang blieb er im Bett, starrte zur Decke und rezitierte mit leiser Stimme Koransuren. Seine Freunde kamen ihn besuchen, versuchten, mit ihm zu plaudern. Doch er antwortete nicht, und am Ende schaute niemand mehr nach ihm.

Was wäre sonst noch zu erzählen, fragt sich Adila. Vielleicht ein Blick zurück in die Kindheit.

Fängt alles bei der Mutter an? Hoffentlich nicht, denn das wäre eine höllische Verantwortung, und die meine hatte nicht den besten Lebenswandel, um es mal vorsichtig zu umschreiben. Die Vorstellung, ich könne es ihr nachtun, versetzte sie in Panik.
Als ich zwölf war, bekam ich zum ersten Mal meine Periode. Meine Mutter setzte sich neben mich. Sie sah mich ein paar Sekunden lang an. Ich fühlte mich furchtbar unwohl, in meinem Körper, ihr gegenüber, so, wie sie mich ansah. Ich

senkte den Kopf, hatte das undeutliche Gefühl, etwas Schlimmes getan zu haben. Zwischen meinen Beinen lief Blut, und mir schien, wenn ich jetzt von der Matratze, auf der wir sassen, aufstünde, dann würde ich eine Blutlache vorfinden. Würden die vielen Liter Blut, die ich zu verlieren glaubte, mich am Ende ums Leben bringen? Ich traute mich nicht, ihr die Frage zu stellen.

Schliesslich war es meine Mutter, die mich fragte: »Weisst du, was es heisst, seine Periode zu haben, Adila?«

Verlegen antwortete ich: »Ja … ich werde jetzt jeden Monat Blut verlieren, genau … und ich muss aufpassen, dass ich mich nicht schmutzig mache.«

»Ja, ganz richtig, aber es heisst auch, dass du ab jetzt eine Frau bist. Du bist kein Kind mehr, wirst nie wieder eins sein, und das Leben, wie du es bisher gelebt hast, wird sich komplett ändern. Für immer.«

»Ach ja?«

»Ja.«

»Wirklich für immer?«

»Ja, leider.«

Mehr sagte sie mir nicht an diesem Nachmittag, und am Abend, bevor sie aus dem Haus ging, rief sie mich noch einmal zu sich. Als ich neben ihr sass, fuhr sie fort: »Du weisst, dass dein Vater mich verlassen hat, nachdem ich schwanger geworden war?«

»Ja.«

»Du wirst ihn nie kennenlernen, das weisst du?«

»Ja, Mama …«

»Er war ein Taugenichts.«

»Ja …«

»Ein Feigling, verstehst du?«
»Ja, Mama.«
»Hast du Lust, das gleiche Leben wie ich zu haben?«
»Äääh …«
»Antworte, hast du Lust, ganz allein ein Kind grosszuziehen?«
»Ich weiss nicht, Mama …«
»Nein, darauf hast du keine Lust. Wiederhole: Ich will nicht das gleiche Leben wie du haben.«
»Okay … also ja, ich meine, nein, ich will nicht …«
»Du willst was nicht?«
»Ich will nicht … das gleiche Leben wie du haben.«
»So ist es gut. Du weisst, dass ich sehr viel arbeite, Adila?«
»Ja, Mama.«
»Du hörst mich manchmal sehr spät nach Hause kommen, völlig kaputt, nicht wahr?«
»Ja …«
In diesen Nächten lag ich so lange, bis meine Mutter zurückkam, wach auf meiner Matratze am Boden. Ich war noch ein Kind, aber schon empört über das Leben, das meine Mutter führen musste.
»Du weisst, dass ich an manchen Tagen kaum aufstehen kann, mir tut alles weh, aber ich stehe trotzdem auf, weil ich ja muss und weil ich mich auch um dich kümmern muss, den Haushalt machen und dann wieder zur Arbeit.«
»Ja …«
»Ja, ich weiss, dass du das alles weisst, aber was du nicht weisst, ist, dass das alles mit meiner Periode begonnen hat, wie du sie heute hast. Meine Mutter hat mir nichts gesagt, aber sie hätte es tun sollen, deshalb will ich jetzt nicht densel-

ben Fehler begehen. Du musst von nun an sehr aufpassen. Die ganze Zeit. Jeden Tag und in jedem Moment deines Lebens, in Ordnung, Adila?«

»In Ordnung, Mama.«

»Schwörst du es mir?«

»Ja, ich schwöre.«

»Worauf musst du aufpassen?«

»Auf alles, Mama.«

»Ja, auf alles, aber vor allem auf die Männer.«

»Auf die Männer?«

»Ja, mein Mädchen. Weisst du, warum?«

»Nein.«

»Weil sie dich jetzt, wo du deine Periode hast, ansehen werden.«

Der Satz machte mir Angst. »Aber werden denn jetzt alle wissen, dass ich meine Periode habe?«

»Männer können das erahnen. Sie riechen es. Ich möchte, dass du dich ab jetzt immer sehr vor ihren Blicken in Acht nimmst, Adila. Kein einziger Mann hat das Recht, dich zu berühren«, sagte sie in schneidend scharfem Ton. »Ich werde das nicht zulassen.«

Was sollte ich da erwidern? Ich hielt den Kopf noch immer gesenkt und wartete, dass dieses Gespräch endlich zu Ende ginge, aber meine Mutter wollte sicher sein, dass ich alles richtig verstanden hatte: »Weisst du, was es heisst, wenn ein Mann eine Frau berührt?«

Ich nickte, obwohl ich es nicht wusste.

»Gut, dann bin ich beruhigt. Jetzt kannst du dich ausruhen. Vergiss nicht, das Trinkschälchen für den Goldfinken zu füllen, er hat kein Wasser mehr, der Ärmste.«

»Ja, Mama.«

»Bist du sicher, dass du auch wirklich verstanden hast, was ich dir gesagt habe?«

»Ich schwöre es dir, ja!«

»Weisst du, Adila, wir leben hier schliesslich nicht irgendwo. Wir leben in einer Stadt, die ihre eigenen Gesetze hat. Ich habe das schon immer gesagt.«

»Ja, Mama.«

»Diese Stadt kann dich verschlingen, wenn du nicht aufpasst. So, wie sie mich verschlungen hat.«

»Ich werde sehr aufpassen, Mama, das schwöre ich dir. Algier wird mich nicht verschlingen. Ich werde das nicht mit mir machen lassen.«

»Und kein Mann wird dich jemals berühren, nicht wahr, Adila?«

»Nein, Mama, kein Mann, niemals.«

»Gut, meine Kleine, dann kann ich jetzt ganz beruhigt gehen. Bis nachher dann.«

»Bis nachher, Mama.«

Adila legte den Stift aus der Hand und klappte ihr Heft zu. Sie musste sich ausruhen. Für heute hatte sie mehr als genug geschrieben, viel zu viele Erinnerungen aufgewühlt. Ihr wurde klar, warum ihr die Gegenwart stets lieber gewesen war. Ihre Vergangenheit war voller Knoten. Sie trug den Käfig mit dem Goldfinken in die Küche und stellte ihn am Fenster ab.

»So, mein Kleiner, hier bist du gut aufgehoben.«

14

Mohamed und Scherif sind ausser Atem. Sie hatten die ganze Cité du 11-Décembre zu Fuss durchquert, um zur Hauptstrasse zu gelangen, wo sie nach kurzem Zögern nach links abbogen und nach wenigen Schritten einem Bus winkten anzuhalten. Sie stiegen ein, kauften Tickets und versuchten, so gerade wie möglich zu stehen.

Mohamed murmelt Scherif ins Ohr: »Ich kenne einen Oberst, der keinen Führerschein hatte. Das war nicht weiter schlimm, er hatte ja seinen Chauffeur, aber irgendwann versetzte man ihn in den Ruhestand. Gleich am nächsten Tag nimmt er den Bus, um zum Markt zu fahren. Es war wohl das erste Mal seit, na ja, sicher seit den Siebzigern, dass er den Bus nahm!«

»Und?«

»Da steigt ein Polizist ein und rempelt ihn an. Der Oberst ist erzürnt, aber der Polizist grinst nur blöd. Da fährt der Oberst ihn an: ›Ich bin ein Citoyen, Sie schulden mir Respekt.‹ Der Polizist wird ganz bleich und überschlägt sich vor Entschuldigungen: ›Oh, pardon, pardon, ich wusste ja nicht, dass Sie ein Citoyen sind.‹«

»Er wusste nicht, was ›Citoyen‹ bedeutet, nicht wahr?«

»Genau, er hatte keine Ahnung!«

Die beiden Männer schütten sich vor Lachen aus. Es ist Freitagvormittag, und sie sind auf dem Weg zum Markt von Cheraga, ein paar Kilometer von Dely Brahim entfernt. Sie wollen ausnahmsweise einmal nicht mit dem Auto dorthin, um sich ein bisschen die Beine zu vertreten und nicht stundenlang nach einem Parkplatz suchen zu müssen.

Kaum kommt der Bus vor dem Eingang zum Markt zum Stehen, springen die beiden Männer heraus. Jeder verzieht heimlich vor Schmerz das Gesicht. Arthrose und Ischias machen ihnen etwas zu schaffen, aber sie tun so, als seien sie in Bestform. Es herrscht dichter Verkehr, und im Nieselregen ist die Strasse ein wenig rutschig. Die zwei Freunde überqueren sie im Zickzack zwischen vorbeirasenden Autos hindurch, die gar nicht auf die beiden Männer achten, die die riesigen Pfützen, die sich in den Schlaglöchern gebildet haben, möglichst zu umgehen suchen. Schliesslich betreten sie die Markthalle von Cheraga.

Sie schlendern von Stand zu Stand, begutachten die Preise für Kartoffeln, Tomaten, Bananen. Scherif bemerkt: »Die Preise sind schon wieder gestiegen …«

»Ja, ich weiss gar nicht, wie die Leute damit noch klarkommen sollen.«

»Lass uns mal zum Metzger gehen, ich brauche ein paar Beefsteaks.«

Der Metzger von Cheraga kennt die beiden Obersten gut, die regelmässig bei ihm einkaufen. Er begrüsst sie gutgelaunt. Seine Schürze ist schon mit Blut befleckt. Heute steht ihm ein blassgesichtiger junger Mann zur Seite.

»Guten Tag, die Herren Obersten. Darf ich Ihnen meinen Sohn vorstellen?«

Die beiden lächeln dem jungen Mann überaus freundlich zu, der aber nur kurz nickt.

»Achten Sie nicht auf ihn, er ist schlecht gelaunt. Ich hab ihn gezwungen mitzukommen, um mir zu helfen, aber er hätte den Vormittag lieber verschlafen und im Internet herumgedaddelt.«

»Ach, die Jugend von heute! Zum Glück bauen wir nicht darauf, dass sie die Welt verändern, was?«, scherzt Mohamed.

»Das ist ganz sicher, dass mein Sohn morgen keine Revolution ausrufen wird, oder wenn, dann höchstens im Internet, nicht wahr?«

Der Sohn gibt keine Antwort, doch seine Wangen röten sich, ohne dass man sagen könnte, ob aus Wut oder vor Scham.

»Hör mal«, sagt Scherif, »du hast ja wohl auch deine Preise angezogen, oder?«

»Was bleibt mir übrig, ich kaufe teurer ein, ich verkaufe teurer! Was soll man da machen …«

»Aber wenn das so weitergeht, werden wir bald gar nichts mehr kaufen können!«

»Na, ich werd euch mal eine Geschichte erzählen, die wird euch gefallen, ihr wart ja auch mal bei der Armee. Vor vielleicht zehn Jahren, da hat ein sehr eleganter Herr bei mir Beefsteaks für sechs Personen kaufen wollen. Ich habe sie ihm schön sauber zurechtgeschnitten, ihr kennt mich ja. Während ich mich da über meinem Fleisch abmühe, blickt der Mann sich andauernd um, wirkt angespannt, völlig daneben. Ich habe mich schon gefragt, ob nicht die Polizei hinter ihm her war oder etwas in der

Art, so gestresst hat er gewirkt. Aber kann man sich das vorstellen, ein Mann, den die Polizei sucht, der auf den Markt geht, um Beefsteaks zu kaufen?«

Scherif und Mohamed schütteln den Kopf. Der Sohn des Metzgers verdreht die Augen.

»Ich geb ihm also seine Beefsteaks. Endlich entspannt er sich, dankt mir und reicht mir einen 200-Dinar-Schein über die Ladentheke. Ich warte, dass er mir das restliche Geld gibt, aber er steht einfach nur da und schaut mich an, mit einer Miene, als ob er verärgert wäre. Nach einer Minute frage ich ihn schliesslich: ›Nun, mein Herr, wollen Sie denn nicht bezahlen? Hinter Ihnen warten noch andere Kunden!‹ Und wisst ihr, was er mir antwortet?«

Die beiden Obersten schütteln wieder den Kopf. Vom Sohn, der gerade auf seinen Nägeln herumkaut, diesmal keine Reaktion.

»Er antwortet mir: ›Wie das? Ich habe Ihnen doch einen 200-Dinar-Schein gegeben! Jetzt bekomme ich von Ihnen doch noch was raus.‹ Er dachte, er könne für weniger als zweihundert Dinar sechs schöne Beefsteaks kriegen!«

»Aber von wo war der denn entlaufen?«, fragt Mohamed.

»Aus eurer Anstalt! Aus der Armee! Das war ein General, frisch pensioniert. Über dreissig Jahre lang hatte er nicht mehr eingekauft. Sein Chauffeur hatte das für ihn besorgt und alles in die grosse Dienstvilla gebracht, in der der General wohnte. Fleisch hatte er zum letzten Mal in den siebziger Jahren gekauft! Er hatte keine Ahnung von den Preisen und war mit nur zweihundert

Dinar in der Tasche angerückt, um den Wocheneinkauf zu machen.«

Mohamed und Scherif prusten los.

Der Metzger fährt fort: »Ich musste ihm erst einmal einen Schemel holen, auf den er sich setzen konnte, bis er sich wieder beruhigt hatte. Er hörte gar nicht mehr auf zu wiederholen: ›Das ist doch nicht die Möglichkeit, das ist doch nicht die Möglichkeit, wie werden die Leute denn da noch satt?‹ Ich schwankte hin und her, ob ich ihm eine klatschen oder ihn lieber trösten sollte. Bevor er ging, bedankte er sich noch bei mir und gestand mir, er sei sehr in Sorge, dass seine Frau ihm eine Szene macht, wenn er mit einem so gut wie leeren Einkaufskorb zurückkommt.«

15

Als General Athman gegen 10 Uhr vormittags am Sitz der Staatssicherheit eintraf, nahmen sämtliche Männer, an denen er vorüberkam, Habachtstellung ein. Er betrat das Büro des Direktors, der in seinem Sessel, einem überaus imposanten Sessel unter dem gerahmten Porträt des Staatspräsidenten, gerade die Morgenzeitung las. Die beiden Männer begrüssten einander. Der Direktor der Staatssicherheit zeigte seinem Besucher eine Karikatur auf der letzten Seite, in der zwei fette Generäle auf einer frisch geteerten Strasse fuhren, dazu als Legende: »Dely Brahim: Vielleicht kommt ein General auf holprigen Strassen einfach nicht recht vom Fleck.« Athman zog eine Augenbraue hoch und grinste gequält. Für die Journalisten war das ein gefundenes Fressen, was gab es Schöneres, als auf die Generalität einzuschlagen! Diese verfluchte unabhängige Presse! Sämtliche Journalisten wurden von Feinden manipuliert: von Frankreich, Saudi-Arabien, Marokko, den Demokraten, Laizisten oder Islamisten.

Der General kam gleich zum Kern der Sache: »Lieber Freund, so kann das nicht weitergehen. Ich brauche Ihre Männer, um da einzugreifen.«

»Soviel ich weiss, hat die Gendarmerie den jungen Mann, der hinter dem Fall steckt, längst verhört, oder?«

»Das ist kein Fall, sondern ein Überfall. Der Junge hat mir die Waffe entrissen. Die Gendarmerie hat ihn in der Tat vorgeladen, aber die Identität der beiden Schlingel, die bei ihm waren, konnten sie nicht feststellen, was ich kaum nachvollziehen kann. Wie ist derlei möglich?«

»Wir hatten bisher keine Akte über den Jungen, unsere Geheimdienste wussten weiter nichts über ihn, als dass sein Vater politisch aktiv ist.«

»Gehen Sie wie üblich vor: Graben Sie Skandalgeschichten aus, nehmen Sie sich ihre Telefone und Computer vor, na, ich weiss doch, über welche Mittel ihr verfügt …«

»Das ist heikel. Der Vater wird längst überwacht, und wir haben ihm nie das Geringste nachweisen können. Und gegen den Sohn liegt gar nichts vor, ausser dass er ab und zu mal einen Joint raucht.«

»Das ist mir egal, ich will was in der Hand haben, gegen ihn und seine Eltern. Ich bin übrigens noch immer nicht überzeugt, dass das Ganze nicht eine Intrige ist, hinter dem die Oppositionspartei seines Vaters steckt.«

»Das glaube ich nicht. Ich denke, Sie haben einfach einem Jungen unabsichtlich sein Spielzeug weggenommen, und der hat sich dann eben gewehrt. Ich verteidige ihn natürlich nicht, aber ich glaube nicht, dass mehr hinter der Geschichte steckt.«

Athman wurde immer zorniger: »Man kann doch nicht tatenlos zusehen, wie Generäle unseres Rangs derart lächerlich gemacht werden, sonst meint am Ende noch jeder Tagedieb, er könne uns straflos attackieren.«

»Gendarmerie, Polizei, alle mir untergeordneten

Dienststellen und die Justiz werden ihr Bestes geben. Wir können diesen jungen Menschen verurteilen lassen, aber sind Sie sicher, dass Sie das wirklich wollen? Der Sohn eines Obersten, eines Oppositionspolitikers, von zwei Generälen in den Knast geschickt wegen eines kleinen Hickhacks auf einem Bolzplatz?«

»Das war kein kleines Hickhack, und das Grundstück gehört uns. Wir haben es mit unserem Geld gekauft. Wir haben immer reagiert, wenn die Armee, die Polizei, die Gendarmerie oder die Staatssicherheit angegriffen wurden. Meine Männer sind stets zur Stelle, Sie zu schützen. Warum lehnen Sie es ab, hier zu intervenieren?«

»Ich will Ihnen mal was zeigen.« Der Direktor der Staatssicherheit drehte den Bildschirm seines Computers in General Athmans Richtung und präsentierte ihm ein Video: »Das hier läuft in allen sozialen Netzwerken. Mudschahida Adila, die Sie beschuldigt, sich ein Gelände unter den Nagel zu reissen, das allen gehört. Tausende haben das schon gesehen.«

Athman wollte gerade protestieren, aber sein Freund unterbrach ihn: »Ich weiss, ich weiss schon, dass Sie die Besitzurkunde haben, aber der Fall ufert so langsam aus. Wenn Sie einen Rat wollen: Halten Sie sich bedeckt, dieses Grundstück gehört Ihnen, kein Mensch wird Sie je davon abhalten, dort Ihre Villen zu bauen. Der junge Jussef dürfte schon jetzt halb tot vor Angst sein, dass man ihn einbunkert, er wird es nicht wagen, noch weiter aktiv zu sein. Seine beiden Freunde werden sich auch nicht mehr auf Ihrem Grundstück blicken lassen, aus Angst, erkannt zu werden. Lassen Sie einfach

Gras drüber wachsen, die Sache wird sich von selbst totlaufen.«

Athman warf seinem Freund ein kleines sarkastisches Lächeln zu. »Die Zeiten haben sich mächtig geändert. Seit wann nehmen wir solche Dinge denn tatenlos hin?«

»Seit der Ölpreis gesunken ist und seit die sozialen Netzwerke es uns nicht mehr erlauben, die Leute vom Reden, vom Kommentieren und Kritisieren abzuhalten. Seit alle Welt ein Handy hat, mit dem man Fotos und Videos machen kann. Ja, lieber Freund, die Zeiten haben sich mächtig geändert, und nur wer das begreift, kann überleben.«

Athman erhob sich, um zu gehen. Er hatte Vertrauen in die Worte des Sicherheitschefs. Der war weder ein Schlappschwanz noch ein Angsthase. Wenn der ihm riet, die Zeit für sich arbeiten zu lassen, dann, weil er wusste, dass das die beste Lösung war, doch es war ihm nicht ganz wohl dabei. Tatsache war, der General fühlte sich immer weniger sicher im eigenen Land.

Die beiden Männer kannten sich seit gut zwanzig Jahren. Jeder hatte eine ganze Akte über den anderen, was ein eigentümliches Vertrauensverhältnis zwischen beiden schuf. Der Chef der Staatssicherheit bewahrte in einem Safe mehrere Dokumente auf, die belegten, dass General Athman gemauschelt hatte, um der Firma seines Bruders mehrere Grossbaustellen zu verschaffen. Athman hingegen war es gelungen, die vier Söhne des Sicherheitsdirektors vom Militärdienst freistellen zu lassen. Begründung: Plattfuss. Ausserdem besorgte er ihm jeden Sommer einen Bungalow in einem Ferienkomplex am Meer, der ausschliesslich für Angehörige der Armee reserviert war.

Kaum sass er wieder im Auto, rief der General seine Hellseherin an und bat sie, ihn schnellstmöglich in einer dringlichen Angelegenheit aufzusuchen.

Und der Sicherheitschef pfiff, sobald er allein war, seinen Assistenten herbei und gab ihm Anweisungen, wobei er sehr genau auf die Wahl seiner Worte achtete. Der Assistent, so um die dreissig, war nach der mittleren Reife von der Schule gegangen. Er war weder eine Leuchte noch eine Schönheit, mit seinem gelblichen Teint und den von der Akne zerfressenen Wangen. Sein krauses Haar war strohtrocken, und das Gel, mit dem er es seit seinem achten Lebensjahr ständig traktierte, hatte es unabänderlich zu kleinen Zwirbeln verfestigt, zwischen denen die Kopfhaut hindurchschimmerte. Nein, er war weder brillant noch eine Schönheit und noch nicht einmal sympathisch, aber er war ideal, um Befehle auszuführen und alles gutzuheissen, was sein Chef sagte. Alle verachteten ihn.

»Bist du sicher, dass du verstanden hast, was ich wünsche?«

»Ja, Herr Direktor, ich werde alles tun, was Sie von mir verlangen.«

»Danke, ich weiss, dass ich auf deine Diskretion zählen kann.«

»Aber selbstverständlich, kein Wort zu niemandem, nicht einmal zu meiner Frau, glauben Sie mir, ständig stellt sie mir Fragen zu meinem Job, aber ich sage immer nur: ›Meine Arbeit ist topsecret, und mein Direktor ist wie Gott, den werde ich nie verraten.‹«

»Danke, und nun geh, und schliess bitte die Tür hinter dir.«

»Aber selbstverständlich, Herr Direktor, und vielen Dank, dass Sie mir diese Aufgabe anvertrauen.«

16

»Den Platz besetzen?« Neugierig und ein bisschen verschreckt wiederholte Dschamil diese Worte, schaute Ines und Mahdi fragend an und zog den Mantel enger um sich. Sie sassen auf dem Bordstein gegenüber dem Gelände. Es war nasskalt. Sie hatten ihre kleinen Köpfe zusammengesteckt und brüteten einen Plan aus.

Am nächsten Morgen wanderten während des Unterrichts kleine Zettel von Tisch zu Tisch. Die Lehrer sahen verwundert, wie die Kinder endlos tuschelnd auf dem Pausenhof zusammenstanden, statt wild durcheinanderzulaufen, Fangen zu spielen oder heimlich zu rauchen. Doch sie machten keine Anstalten, herauszufinden, was da los war. Die ungewohnte Stille war wie Ferien für sie, kein Grund, sich darüber zu beklagen! Die Kids fanden gar kein Ende mit Diskutieren und Räsonieren. Mehrere Tage ging das so, dann veranstalteten sie auf dem Schulhof wieder den üblichen Radau.

Drei Wochen waren verstrichen seit der Schlägerei mit den Generälen. Dschamil hatte sich im Badezimmer eingeschlossen. Er betrachtete sich im Spiegel des Arzneischränkchens, das ihm einen pausbäckigen Lockenkopf zeigte. Er öffnete das Schränkchen und griff nach Verbandsmaterial, Gazerollen, einer Schere, Halspastillen,

Aspirin und Alkohol. Es kam ihm so vor, als rüste er sich zu einer Expedition, ja einer Flucht ans Ende der Welt, dabei würde er, verdammt noch mal, ja schon nach wenigen Metern am Ziel sein. Er stopfte die Medikamente in einen grossen Leinenrucksack, der mal seinem Vater gehört hatte.

»Dschamil?«, rief Munira, die Putzfrau, und klopfte an die Badezimmertür. »Alles in Ordnung mit dir? Bist du krank? Soll ich deine Grossmutter holen?«

Der Junge schloss eilends, ohne zu antworten, den Rucksack und ging dann auf die Knie, um das Schränkchen unter dem Waschbecken zu öffnen. Dutzende von Medikamentenschachteln, Verbandszeug, zwei, drei Scheren. Seine Grossmutter war besessen von der Idee, es könne etwas fehlen, und das Haus war vollgestopft mit Konserven, Kosmetikartikeln und warmen Decken. Dschamil ersetzte systematisch alles, was er dem Spiegelschrank entnommen hatte, und dachte, intelligenter wäre es gewesen, gleich an die Vorräte zu gehen. Aber so war das immer bei ihm, erst kam die Tat, dann die gute Idee. Mahdi hatte ihm den Spitznamen »Dschamil, die zweite Chance« verpasst.

»Dschamil?«, rief die Putzfrau da wieder.

Er machte die Tür auf. Er war klein, ein bisschen dicklich und von fast schon krankhafter Schüchternheit. Richtig wohl fühlte er sich nur, wenn er mit Mahdi und Ines zusammen war. Er versuchte, den Rucksack hinter seinem Rücken zu verstecken. Die Putzfrau tat so, als sehe sie nichts. Dschamil lächelte ihr zu. Munira war fett und sehr hässlich, die Kids im Viertel fanden sie zum Fürchten. Wenn sie sich bewegte, knarrte das Parkett und vibrierten die Fensterscheiben. Sie war fettleibig geboren und hatte fortwährend an Gewicht zugelegt, von ihrer Mutter und den Tanten ermutigt, die in ihrer Beleibtheit ein Zeichen für Gesundheit und Gottes Segen sahen. Sie flössten ihr von Geburt an Zuckerwasser ein, bereiteten ihr jeden Abend Nudelgerichte mit Sauce und waren erst dann zufrieden, wenn sie zwei Teller intus hatte. Mit zwanzig war sie geradezu monströs. Wenn sie putzen ging, legte sie den Schleier ab und trug ein leicht transparentes lachsfarbenes Hauskleid; Dschamils Grosseltern fanden es eklig, aber niemand traute sich, ihr etwas zu sagen: Sie war die beste Putzfrau von ganz Algier. Dschamil, der sie seit seiner Geburt kannte, wusste, dass sie von grenzenloser Gutmütigkeit war und er auf ihre Verschwiegenheit zählen konnte. Er legte den Zeigefinger auf seine Lippen. Sie lächelte und liess ihn in sein Zimmer durch.

Dschamil warf sich auf sein Bett, starrte an die Decke und dachte an Ines. Sie war das tollste Mädchen der ganzen Schule, dachte er. Nicht die hübscheste, das eher nicht, aber sie war anders als die anderen. Sie war kein kleines Biest. Weder zog sie sich wie ein Mädchen an, noch benahm sie sich wie eins. Und das gefiel ihm richtig gut. Ausserdem spielte sie Fussball. Sie war sogar sehr begabt und konnte alle Jungs aus der Nachbarschaft schlagen. Es kam schon mal vor, dass nach einem Spiel Jungs, die es nicht gut vertrugen zu verlieren, Ines beleidigten oder sogar versuchten, sie zu schlagen, darüber erbost, dass ein Mädchen besser war als sie selbst. Dschamil und Mahdi waren dann jedes Mal dazwischengegangen.

Ja, Ines war wirklich klasse, und während des Unterrichts musste Dschamil sich zwingen, sie nicht anzustarren, obwohl er sich aus Angst vor dem Gespött jede Mühe gab, dass bloss keiner es merkte. Er träumte oft davon, sie zu sich nach Hause einzuladen, um mit ihr auf der grossen Couch im Wohnzimmer ein Match anzusehen, und dass er dann wie im Film einen Arm um ihre Schultern legte. Aber es war nur ein Traum, denn selbst wenn er neben ihr auf einer Couch sässe, würde er es nie, aber wirklich niemals auch nur im Entferntesten wagen, ihr den Arm um die Schulter zu legen, und dann gab es da noch ein anderes Problem: Dschamils Oma konnte Ines nicht leiden, weil sie deren Mutter und Grossmutter hasste, und dieser Hass schlug bis auf die Enkelin durch.

»Frauen, die die Tradition nicht respektieren, Dschamil, du solltest aufpassen, das ist nicht der richtige Umgang für dich.«

»Aber du weisst doch, dass die Oma von Ines eine ehemalige Mudschahida ist.«

»Das sagt sie so, aber was Genaues weiss man nicht …«

»Sie sind alle sehr nett.«

»Viel zu nett, ja. Du solltest nicht so viel Zeit mit ihnen verbringen. Die Mutter von Ines ist geschieden. Sie raucht. Sie ist die ganze Zeit ausser Haus.«

»Na und?«

»Na, das ist nicht gut. Und wenn die Mutter so ist, dann wird Ines später mal genauso sein.«

»Ines ist wirklich klasse, weisst du, Oma.«

»Ja, red du nur.«

Mehr als einmal hatte Dschamil diese Diskussion schon geführt, denn leider trat seine Grossmutter mit Freuden die unangenehmen Dinge breit. Sie war die Klatschbase des Viertels. Doch allein der Gedanke, Ines nicht mehr zu sehen, versetzte Dschamil in Rage. Das kam ja gar nicht in Frage. Er lag auf seinem Bett und dachte an das strahlende Lächeln des Mädchens. Er schloss die Augen. Im Dunkeln sieht man besser, hatte seine Mutter ihm einmal gesagt. Recht hatte sie.

Es klopfte an der Tür, und Dschamil schreckte aus seinen Träumen hoch. Sein Grossvater trat ein und setzte sich zu ihm aufs Bett. Er war ein alter Herr und seit einiger Zeit nicht mehr ganz klar im Kopf. Lächelnd küsste er seinen Enkel auf die Stirn. Dschamil mochte ihn sehr, trotz seines Alters und obwohl es Dschamil durchaus klar war, dass es nicht normal sein konnte, die eigene Mutter nicht so oft zu sehen, wie man gern wollte.

»Schau mal, ich hab hier ein altes Foto von deinem Vater gefunden, da war er so alt wie du. Siehst du, wie sehr du ihm ähnelst?«

»Oh, aber ja!«

»Willst du es haben?«

»Aber klar, danke, Grossvater.«

»Erinnerst du dich noch an ihn?«

»Nicht so richtig …«

»Du warst damals ja auch erst ein Jahr alt … Ich werde niemals begreifen, was er in diesem Studentenbus machte … Er hatte ein Auto, er hatte sein Studium seit langem abgeschlossen …«

»Ich weiss, Grossvater …«

»Und warum dann der Bus? Ausgerechnet dieser Bus, an dessen Steuer ein Terrorist sass?«

»Ich weiss nicht, Grossvater …«

»Ich habe ihn jeden Abend im Militärkrankenhaus besucht. Deine Grossmutter wollte mich zwingen, nach Hause zu kommen, um mich auszuruhen, aber ich bin jeden Abend zu ihm hin … Niemals hätte ich meinen Sohn allein in einem Krankenzimmer gelassen. Weisst du, das war die schlimmste Zeit in meinem Leben … Kein Mensch rechnet damit, den eigenen Sohn zu verlieren, kein Mensch, das ist gegen die Natur.«

»Es tut mir so leid, Grossvater.«

»Ich musste mitansehen, wie er nach und nach ins Koma fiel.«

Und Dschamils Grossvater konnte nicht mehr an sich halten und begann zu weinen.

»Wenn ich abends mit roten Augen nach Hause kam und deine Grossmutter mich fragte, wie es ihm ging, antwortete ich immer nur: Geht so. Sie besuchte ihn jeden Morgen. Und abends erklärte sie mir, dass er es schon packen, dass er überleben würde. Der Gedanke, dein Vater könnte sterben, machte mich verrückt, ich geriet in Panik. All meine Macht, meine Beziehungen, mein ganzes Geld vermochten nichts. Er würde sterben, und ich konnte nichts dagegen tun. Am Tag, als er unter die Erde kam, hatte ich keine Tränen mehr. Hinterher war ich wie erstarrt. Er war nicht mehr da, und das besagte gar nichts.«

»Ich verstehe, Grossvater …«

»Deine Grossmutter weiss es nicht, aber bevor er starb, ist dein Vater noch einmal kurz aus dem Koma erwacht.«

Dschamil wusste es, sein Grossvater hatte ihm diese Geschichte schon öfter erzählt, aber er sagte nichts und verharrte abwartend auf seinem Bett.

»Ja, er wachte noch mal kurz auf. Er war wie betäubt wegen dem ganzen Morphium. Er wusste weder, wer ich war noch wo er war. Ich glaube, er träumte, ein Albtraum vielleicht. Ich hielt seine Hand. Ich versuchte, ihn zu mir zurückzuholen. Ich redete leise auf ihn ein. Ich hatte Angst, er würde die Augen wieder schliessen.«

»Alles wird gut, Grossvater ...«

»Er hat sie nicht gleich wieder geschlossen. Er war matt, aber er hatte einen kurzen hellen Moment, lang genug, um mir zu sagen, dass er grosse, ganz grosse Angst vorm Sterben hatte.«

»Opa ...«

»Deiner Grossmutter hab ich es nie gesagt, es würde sie furchtbar bekümmern.«

»Wir sagen ihr nichts davon.«

»Danke, mein Kleiner. Du bist alles, was mir noch bleibt von meinem Sohn. Komm her, lass mich dich auf die Stirn küssen.«

»Da bin ich, Grossvater.«

17

Mahdi durchsuchte den Wandschrank, in dem seine Mutter Laken, Decken und Bettzeug aufhob. Hier hatte alles System, und noch der kleinste Stoff war wie bei der Armee quadratisch zusammengelegt. Innen an der Tür klebte höchst akkurat ein Blatt Papier, auf dem die exakte Anzahl der Decken, Laken, Plumeaus und so fort vermerkt war.

»Was für eine Pedantin!«, brummte der Junge.

Dem Ganzen entströmte ein höchst unangenehmer Geruch nach alter Wolle und Naphthalin. Mahdi versuchte, durch den Mund zu atmen und so lautlos wie möglich zu sein. Seine Mutter witterte es mitunter meilenweit gegen den Wind, wenn irgendwo etwas faul war. Manchmal fragte er sich, ob sie ihm nicht einen Chip implantiert hatte, mit dem sie ihn orten, jede seiner Emotionen analysieren und seine Gedanken lesen konnte. Ihre Art, immer alles zu wissen und jedes Detail seines Lebens zu kennen, war nicht auszuhalten. Mit einer solchen Mutter im Haus musste er ständig tricksen, um sich wenigstens einen Rest von Privatsphäre zu erhalten.

Aber diesmal würde sie seine Pläne nicht erraten. Sie würde ihn nicht daran hindern, zu tun, was er wollte.

Mahdi zog drei Decken hervor und verstaute sie ganz unten in einem Segeltuchkoffer. Darüber packte er drei

Armeeschlafsäcke, die er kurz zuvor auf dem Dachboden entdeckt hatte. Er spitzte die Ohren, für den Fall, dass sein Vater plötzlich auftauchte und ihn fragen würde, was zum Teufel er denn da im Schrank herumzustöbern hätte. Man hörte ihn nämlich schon von weitem anrücken. Der Rollstuhl knirschte so laut, dass man Zeit hatte, sich vorzubereiten, zu verstecken, was zu verstecken war, und ein unschuldiges Gesicht aufzusetzen.

So, das war's, Mahdi hatte alles beisammen. Er schob eine lästige Haarsträhne zurück und schloss ganz sachte den Schrank. Im Gegensatz zu den anderen Jungs in seiner Klasse hat er lange Haare. Manchmal bindet er sie zum Pferdeschwanz, aber meist trägt er sie offen. Von hinten kann man ihn schon mal mit einem Mädchen verwechseln. Seine Mutter ist überzeugt, dass er das nur tut, um sie zu ärgern. Am liebsten würde sie sich nachts heimlich eine Schere schnappen und ihm ritsch, ratsch alles abschneiden.

Die langen Haare, damit will er sich ein rockiges Image geben, ein bisschen verrucht will er wirken und ein bisschen verrückt.

Und den anderen Kids will er Angst machen damit.

Im letzten Jahr hatte ein Junge aus der Siedlung, Enkel eines reichen Geschäftsmannes, sich über seinen Vater und dessen Rollstuhl lustig gemacht. Im Nu hatte Mahdi sich auf ihn gestürzt und ihm einen gewaltigen Fausthieb verpasst. Der Kleine war hingeplumpst, lag völlig benommen am Boden, vor Schreck vergass er ganz zu heulen. Dann, und obwohl er schon wie am Spiess schrie, gab Mahdi ihm noch den Rest, wie ein Irrer trat er auf ihn ein, und seine lange Mähne tanzte im Takt seiner Tritte. Dschamil versuchte, die beiden Jungs zu trennen, vergeblich. Das hatte jede Menge Geschichten zwischen den Erwachsenen zur Folge. Beleidigungen, Drohungen, Geschrei. Und am Ende hat sich alles wieder beruhigt, und die Leute haben sich wieder wie üblich gegrüsst.

Aber nie mehr wagte es ein Kind, auch nur die leiseste Bemerkung über den Rollstuhl von Mahdis Vater zu machen.

Der Junge nahm den Rucksack mit den entwendeten Objekten und schlich auf Zehenspitzen in sein Zimmer, wo er alles unter seinem Bett versteckte.

Im Wohnzimmer setzte Naïm, Mahdis Vater, seine Brille ab, stellte den Fernseher aus und rollte in sein Schlafzimmer. Mühsam glitt er neben seiner Frau, die schon kräftig schnarchte, unter die Decke. Die eine Stunde zuvor geschluckten Tabletten begannen zu wirken, und er schlief ein, ohne auch nur die Zeit zu haben, wieder seinen trüben Gedanken nachzuhängen. Anderntags wurde er um 6 Uhr geweckt, wie an jedem Morgen. Er hörte, wie seine Frau in ihren Morgenmantel schlüpfte und auf Zehenspitzen den Raum verliess. Einige Minuten noch, bevor die Geräusche von Wasserhahn und Dusche einsetzten. Sie kam zurück, um sich vor dem Spiegel ihrer Frisierkommode anzukleiden und zu parfümieren. Oh, nur ein ganz leichtes Parfum. Sie war bei der Armee und hatte von früh bis spät nur mit Männern zu tun. Es war schon so schwer genug, glaubwürdig zu bleiben, man durfte nicht zu feminin wirken, sonst würde niemand mehr ihre Befehle respektieren.

Sie näherte sich dem Bett, küsste ihren Mann sanft auf die Stirn und verschwand. Wie jeden Morgen hielt Naïm die Augen geschlossen. Er hasste es, zuzusehen, wie sie sich fertigmachte und davoneilte, so frei, während er mit diesen furchtbaren Stümpfen anstelle von Schienbeinen und Füssen ans Bett gefesselt war. Es fiel ihm immer schwerer, den mitleidsvollen Blick seiner Frau auszuhalten, ihre grünen Augen, die prüfend auf ihn gerichtet waren, ihn bis in die letzte Windung seines Gehirns zu ergründen suchten. Sie hatten sich sehr jung ineinander verliebt, und damals hatte er besonders diesen lebhaften, direkten Blick an ihr geliebt, die Art, wie sie ihn ansah, nicht nur so en passant, wie die meisten Leute das taten, sondern mit Augen, die wirklich innehielten und auf ihm verharrten. Und jetzt war es genau das, was er nicht mehr ertrug. Wenn seine Frau aus dem Haus war, hievte er sich mühselig in den Rollstuhl und begab sich ins Bad. Er musterte sich im Spiegel über dem Waschbecken. Mit seinem weissen Haar, den grauen Augenbrauen und den Falten, die eines Morgens plötzlich da waren und für den Rest des Lebens nun wohl blieben, wirkte er wie ein alter Herr. Trotz all der Jahre hatte er sich noch immer nicht abgefunden. Mit diesem Körper, diesem Kopf. Es ist noch nicht mal das Schlimmste, im Rollstuhl zu hocken, dachte er, das Schlimmste ist, jeden Morgen in ein Gesicht zu blicken, das nicht mehr meines ist. *Als wäre ich nach dem Attentat ein anderer geworden.*

Nur die Augen waren sich gleich geblieben, lediglich lebhafter und seitdem ständig feucht. Kein Arzt hatte ihm erklären können, warum seine Augen jetzt permanent tränten. Er hatte Dutzende von Rezepten aus Grossmutters Hausapotheke durchprobiert, wochenlang getropft, umsonst. Genauso war es mit dem üblen Geschmack im Mund. Der würde auch nicht mehr weggehen. Am Anfang hatte er noch dagegen angekämpft. Spezialisten konsultiert, die Zähne mit Pfefferminzzahncreme geschrubbt, zweimal am Tag Munddusche. Nichts hatte geholfen. Man muss sich daran gewöhnen, hatte der Arzt gesagt. Sich daran gewöhnen, nicht mehr zu laufen, tränende Augen zu haben und einen Ekel vor ganz gleich welchem Essen.

In den ersten Wochen nach dem Attentat war er ganz ruhig geblieben. Er dachte, er würde ohnehin bald sterben, sein Körper sei dabei zu erlöschen, und das tröstete ihn. Beim Blick in den Spiegel kommen die Erinnerungen zurück. Er ist ausserstande, sich gegen die Bilder aus der Vergangenheit zu schützen. Es ist, als müsse er täglich aufs Neue da durch: eine Schachtel mit alten Fotos öffnen und sie komplett von vorn bis hinten durchsehen, bevor er zu anderen Dingen übergehen konnte.

Da ist zunächst das Foto eines sehr armen jungen Mannes, der in der Kabylei aufwächst. Dessen Vater im Krieg ums Leben kam. Dessen Mutter sich Tag für Tag abrackert, damit ihre Kinder ein bisschen Gemüse zu essen haben. Dann die Ankunft in Algier, der Grossstadt, um an der Uni Jura zu studieren. Kaum hat er sein Diplom, geht er zur Armee. Sein Leben lang wollte er seinem Land dienen, aber als er in der Kaserne ankommt, fühlt er sich verloren in einem seltsamen, furchteinflössenden System. Da ist so ein Typ, der General werden will und nicht zögert, alle fertigzumachen, die schneller oder besser sind als er, ein anderer, ein brutaler Kerl, der alle neuen Rekruten zu betatschen versucht, ein junger Mann, der vom vielen Zucker fast alle Zähne verloren und keinen Centime für ein neues Gebiss hat und der einem abends vorm Einschlafen den blossen Kiefer zur Begutachtung hinhält, ob da wunderbarerweise nicht vielleicht doch ein Zahn nachwächst. Auch einen mordsmässig dicken Kerl gibt es dort, der solche Stinkefüsse hat, dass ihm alle verbieten, abends im Schlafsaal die Stiefel auszuziehen. Er kommt aus dem westlichen Algerien, und die anderen nennen ihn den Marokkaner, was ihn in Wut versetzt. Da sind dann die Abende, an denen heimlich geraucht und getrunken wird. Die Streiche, die man dem Unteroffizier spielt, wie mitten in der Nacht einen Luftballon unter seinem Fenster platzen zu lassen und dann schnell davonzulaufen. Und den Hunger gibt es, der einen in den zwei Jahren Grundausbildung nicht ein einziges Mal verlässt, weil hochrangige Offiziere sich aus den Vorratskammern, die für die Soldaten gedacht sind, bedienen. Da sind die Ramadanabende, an denen man mit einer sehr dünnen Brühe vorliebnehmen muss, einem Stück Brot und etwas fettigem Fleisch mit Kartoffeln. Ausser wenn eine Inspektion oder die Journalisten angesagt sind, dann gibt es natürlich ein Festmahl.

Naïm zieht eisern die Grundausbildung durch, wird zum Heer versetzt. Es sind die neunziger Jahre, die bleierne Zeit. Kein Mensch wird je wissen, was da abging. Terroristen, die manchmal kaum zwanzig Jahre alt sind, mit flackerndem Blick, überzeugt, dass ihr Kampf ein gerechter ist und der Tod willkommen, wenn er nur der guten Sache dient. Wie gegen so etwas ankämpfen? Die Razzien im Untergrund. Der Kugelhagel, der einen empfängt. Die Verhaftungen. Die Verhöre.

»Wir waren nicht bereit, wir waren ganz und gar nicht bereit … Man hatte uns gelehrt, einen Angriff von aussen zu kontern, Frankreich, Marokko, ganz gleich welche ausländische Armee, aber nicht, wie man gegen die eigenen Leute kämpft, im eigenen Land«, würde Naïm einige Jahre später seinem Psychologen erklären.

Die bleierne Zeit, das sind Blitzattacken gegen den Maquis nach Beginn der Ausgangssperre. Das sind die Leichen von Männern im Afghanenlook, mit langen Bärten, kajalumrandeten Augen. Das sind Handgranaten, die man dort findet, sind Korane mit blauem Einband. Sind die Fotos, die man von all dem machen muss, um zu dokumentieren, zu archivieren, um nie zu vergessen, obwohl man von nichts anderem als zu vergessen träumt. Das sind landesweit ausgehängte Plakate mit Miniatur-Fahndungsfotos all derer, die von der Armee, der Polizei, der Gendarmerie gesucht werden.

Die bleierne Zeit, das sind auch die Frauen, die man befreien muss. Jene, die entführt, geschwängert und gefoltert worden sind, mitunter jahrelang. Jene, die mit dickem Bauch und ein, zwei Kindern an der Hand zurück nach Hause kommen. Jene, denen man nach einem Sturmangriff gegenübersteht und mit deren blankem Entsetzen man klarkommen muss, dem, das hinter, und dem, das noch vor ihnen liegt. Jenen Frauen, die sich einem schreiend an die Brust werfen, einem diese Babys entgegenstrecken, Frucht einer Vergewaltigung, eines Terroristen, einer entsetzlichen Gefangenschaft. Wo sind sie heute, diese Kinder?

Und dann ist da dieser allerletzte Tag, an dem Naïm sich wie ein kleiner Junge vorkam, der mit seinem Holzschwert gegen ein furchtbares vielköpfiges Monster ankämpft. Er hat gekämpft, so gut er konnte, aber das Monster war stärker und hat sich mit beiden Beinen des kleinen Jungen aus dem Staub gemacht.

Unterhalb vom Knie nichts mehr.

Als Naïm im Krankenhaus aufwachte und erfuhr, was mit ihm passiert war, hat er stundenlang gebrüllt. Am nächsten Tag waren seine Haare schlohweiss. Seitdem ist er krankgeschrieben. Seit Jahren krankgeschrieben, um Leib und Seele, so gut es geht, zu pflegen. An dem Tag, als seine Frau seine Armeestiefel wegwerfen wollte, hat er sie beleidigt. Zum ersten Mal überhaupt. Sie war fassungslos, hat aber nichts gesagt. Nicht ein Wort des Vorwurfs. Die Stiefel sind immer noch da, in seinem Schrank. Frisch poliert. Er erinnert sich, wie machtvoll er sich fühlte, wenn er sie anzog.

Einige Monate nach dieser Tragödie, zu Beginn der 2000er Jahre, bot die Armee ihm einen Strandurlaub an, in Oran. Er reiste an, froh über diese Auszeit am Meer, malte sich aus, wie er die Sonne geniessen, den badenden Kindern zusehen würde. Man hatte ihn nicht darauf vorbereitet, was ihn erwarten würde. Ein kompletter Strand, nur für Leute wie ihn reserviert. Man war unter sich, unter lauter Militärinvaliden. Hier fehlte ein Bein, dort ein Arm. Beim einen waren es beide Hände, beim anderen nur ein Fuss, aber selbst das ist schon zu viel. Ein seltsamer Ort, an dem hundert junge Männer im Rollstuhl durch die Gegend fuhren.

18

Ines hatte ein grosses Zelt in die Finger bekommen, das ihrer Mutter gehörte. Sie fragte sich, wann und vor allem wo ihre Mutter in der Vergangenheit wohl gezeltet hatte, doch dann verscheuchte sie die Frage, nahm das Zelt einfach mit und versteckte es bei sich unterm Bett.

Dann machte sie es sich auf der Couch im Wohnzimmer bequem, um sich im Fernsehen ein Match anzusehen. Fussball fand sie einfach toll. Sie hatte schon immer Fussball gespielt. Sie war erst drei gewesen, als ihr Vater es ihr beibrachte, und als er dann weg war, trainierte sie alleine weiter, sogar an den heissesten Sommertagen. Und mitten am Nachmittag, während alle Welt Siesta machte, konnte man, wenn man die Ohren spitzte, hören, wie Ines vor dem Haus dribbelte oder, das war dann etwas deutlicher zu hören, den Ball gegen die Mauer bolzte.

Ja, Fussball fand sie toll, und sie fand es toll, mit Mahdi und Dschamil zusammen zu spielen. Sie mochte es, über den Platz zu rennen, so schnell zu rennen, als liefe man vor Monstern davon, als höbe man gleich ab. Sie sass auch gern mit den anderen Kids am Spielfeldrand und sah den Grossen zu, wenn die ihre Turniere bestritten, ereiferte sich mit ihnen, hielt sich den Kopf mit beiden Händen. Hinterher zerlegte sie mit ihren zwei Freunden mit Wonne das Match, stellte die Schüsse nach, beschrieb in allen Einzelheiten, wie es zu den Patzern und den verpassten Gelegenheiten gekommen war. Manchmal malte sie sich aus, sie sei beim Finale der Fussballweltmeisterschaft in einem der grossen europäischen Stadien dabei, die sie aus dem Fernsehen kannte. Sie sah förmlich die Menschenmassen um sich herum, sah sich mit dem Fuss aufstampfen, Beifall klatschen, laut schreien. Im Fernsehen erklang die Nationalhymne. Sie stellte den Ton lauter. Ihre Mutter kam, setzte sich neben sie und nahm sie in die Arme.

Jasmin hatte Ines' Vater in einer Bar im Stadtzentrum kennengelernt. Sie feierte dort mit Freunden ihren Geburtstag. Das war nun schon fünfzehn Jahre her. Amin arbeitete für eine grosse Anwaltskanzlei. Jasmin und er diskutierten lange über ihre Arbeit, ihre Frustrationen, darüber, was es hiess, sich um Recht und Gesetz zu kümmern in einem Land, wo man das Recht fortwährend mit Füssen tritt. Jasmin trug eine weisse Bluse und enganliegende Jeans. Zu jener Zeit fürchtete sie sich noch nicht vor der Dunkelheit, der Finsternis, dem ganzen Rest. Sie war ständig auf Reisen, viel in Ferien, kannte sämtliche Bars von Algier und kam manchmal ein bisschen angeheitert nach Hause, zu ihren Eltern, bei denen sie damals noch wohnte, wohl wissend, wie ungeheuer brutal die algerische Gesellschaft gegenüber alleinlebenden Frauen sein kann. Zu jener Zeit war sie voll der Bewunderung für eine ihrer Freundinnen, die allein in einer kleinen Wohnung in Cheraga lebte. Die Nachbarn hatten versucht, bei der Polizei Anzeige wegen nächtlicher Ruhestörung oder Prostitution zu erstatten, weil sie zum Verdruss der übrigen Mieter regelmässig Besuch von Freunden beiderlei Geschlechts bekam. Man grüsste sie nicht im Treppenhaus, erwiderte nicht mal ihren Gruss, verbot seinen Kindern den Umgang mit ihr und sah in ihr das, was sie war: eine freie, fröhliche junge Frau.

Am Tag nach ihrer Begegnung erzählte Amin seinen männlichen Kollegen, er habe ein Mädchen mit einem »Arsch zum Über-den-Boden-Rollen« kennengelernt. Zwei Jahre später heirateten sie, und Jasmin wurde gleich schwanger. Amin kam mit dem Familienleben nicht klar. Direkt nach Ines' Geburt wurde er wegen »Verstosses gegen die Ethikrichtlinien« entlassen und hörte nicht auf, diese Geschichte wiederzukäuen, sprach von einem Komplott und schwor, er habe sich nichts vorzuwerfen. Andauernd wiederholte er, dass es nichts nutze zu kämpfen, weil in Algerien »ja ausnahmslos jeder korrupt war, verdorben bis ins Mark«. Seine Tage verbrachte er vor dem Fernseher, zu Hause auf der Couch, spielte Videospiele und begann schon mittags zu trinken.

Eines Morgens ging er aus dem Haus und liess Frau und Kind zurück, ohne irgendeine Adresse anzugeben.

Jasmin fand dank ihrer Mutter, die ihre Beziehungen spielen liess, Arbeit in einem staatlichen Erdölunternehmen. Man rief sie eines Morgens an und bat sie, mit ihren Ausweispapieren vorbeizuschauen. Sie wurde als Juristin eingestellt und ins riesige Heer der Kinder von Militärs oder Mudschahidin, Diplomaten oder Geschäftsleuten integriert, aus denen sich der Grossteil der Angestellten dieses Unternehmens rekrutiert.

Es war ein sehr moderner Betrieb, der ganze Stolz von

Algeriens Regierung. Man führte hier gerne die Besucher aus dem Ausland durch. Er lag in einem schönen Viertel von Algier, und technologisch war der Bau einsame Spitze, wie man zu scherzen beliebte. Allerdings hatte ein renommiertes französisches Consultingbüro konstatiert, dass auf jeder Etage, in jeder Abteilung drei Personen auf nur einen Posten kamen. Die Direktion bedankte sich artig beim Consultingbüro, entlohnte es mit einem fetten Scheck und wies die Sekretärin an, den Bericht zu archivieren. Man werde jetzt doch nicht anfangen, den Nachwuchs ehrenhafter Algerier zu entlassen, bloss weil es nicht genug Arbeit für alle gebe.

Die Tage verflossen im Schneckentempo. Manche Frauen fingen an, sich Gemüse mitzubringen, um es zu schälen oder zu enthülsen, dann wäre das abends bei der Heimkehr schon mal geschafft. Währenddessen linsten die Männer im Internet mit zotigem Lachen nach den Mädchen. Sie machten in sozialen Netzwerken wildfremde junge Frauen an:

»Hi.«

»Hi, bist du da?«

»Antworte mir.«

»Hi.«

»Schönes Profilbild.«

»Bist du da?«

»Warum antwortest du nicht?«

»Antworte doch.«

»Ich bin in Algier, und du?«

»Willst du mich adden?«

Gleich zu Beginn wurde Jasmin von der Leiterin der Rechtsabteilung gefragt: »Ich sehe, Sie haben ja gar keinen Ehering, sind Sie Single?«

»Geschieden.«

»Oh, keine Sorge, man wird Sie hier sehr umwerben! Inschallah finden Sie binnen eines Jahres einen Mann.«

Ein höfliches Lächeln war Jasmins ganze Antwort. Die Abteilungsleiterin führte sie durch sämtliche Büros und stellte sie ihren Kollegen vor.

Sehr schnell wurde sie Gegenstand des Firmenklatsches und beschwor Gerüchte über Gerüchte herauf. Sie war geschieden, und für einen Teil der Männer bedeutete das, dass sie sich wohl kaum verweigern würde. Für einen Teil der Frauen hiess es, dass sie ein Flittchen war, denn welche Frau ist schon in so jungen Jahren geschieden? Und dann beging sie einen Fehler, der sie in den Augen aller gewaltig herabsetzte. Dazu muss man wissen, dass das Unternehmen seinen Angestellten einen Shuttlebus zur Verfügung stellte, der sie abends nach Hause brachte. Er fuhr täglich um 17 Uhr los, ausser während des Ramadan, wo er schon um 16 Uhr startete, wegen der verkürzten Arbeitszeit. Die Frauen jedoch konnten den Betrieb schon ab 15 Uhr verlassen.

Um 14 Uhr 55 standen alle Frauen schlagartig auf, schalteten ihre Computer aus und strömten in den Shuttlebus, wo sie eine geschlagene Stunde lang plaudernd ihr Gemüse schälten. Eine von ihnen bereitete sogar ihre Bureks im Bus zu.

Allein Jasmin blieb noch bis 16 Uhr in ihrem Büro. Alle im Unternehmen schlossen daraus, dass sie kein Gemüse zu schälen habe, weil man in ihrer Familie wohl nicht fastete.

Und eines Morgens entdeckte eine Kollegin eine Schachtel Zigaretten in ihrer Handtasche.

Schon hatte man alle Etiketten beisammen: geschiedene Frau, Raucherin, frivol, leichtlebig, gottlos. Man begann, wenn sie vorüberging, zu lächeln und manchmal sogar ganz offen in ihrem Rücken zu lachen. Wenn sie zur Kaffeemaschine kam, verstummten die Gespräche. Sie versuchte, von den anderen akzeptiert zu werden, vor allem von den Frauen, aber ihre ungeschickten Bemühungen führten nur zu noch mehr Gerüchten.

Am Ende wurde sie von der Abteilungsleiterin einbestellt: »Jasmin, ich bin alles andere als glücklich über Ihre Integration. Sie mischen sich gar nicht unter die anderen, Sie stehen im Ruf, sehr anmassend und Ihren Kollegen gegenüber gar nicht hilfsbereit zu sein. Mehrere haben sich schon über Sie beschwert.«

Jasmin protestierte, aber die Abteilungsleiterin unterbrach sie: »Wir haben Sie eingestellt, um Ihrer Mutter einen Gefallen zu tun, Gott erhalte sie noch lange am Leben, aber Sie müssen achtgeben. Wir sind hier wie eine grosse Familie. Wir können niemanden gebrauchen, der sich wie Sie überhaupt nicht bemüht und so arrogant zu den anderen ist. So geht das nicht. Ich hoffe, Sie haben mich verstanden. Sie werden Ihr Verhalten schnellstens ändern müssen.«

Sämtliche Mitarbeiter des Unternehmens wussten von diesem Gespräch zwischen Jasmin und der Abteilungsleiterin. Und fortan mokierte man sich ganz offen über sie.

Einige Tage danach, als es schon auf das Ramadan-Ende zuging, kurz nach 15 Uhr, waren sämtliche Frauen aus dem Betrieb verschwunden. Nur Jasmin war noch da, in ihrem Büro. In das Studium eines Berichts vertieft, merkte sie nicht gleich, dass da ein Mann auf der Türschwelle stand. Es war Murad, einer ihrer Kollegen aus der Rechtsabteilung. Er war der Sohn einer wohlhabenden Familie aus Algiers Grossbürgertum, die ein Vermögen mit Patisserie gemacht hatte. Alle Abteilungsleiter liebten ihn, weil er immer ihrer Meinung war. Seit einem Jahr war er mit einer jungen Frau verlobt, die auch im Unternehmen arbeitete, eine Etage tiefer. Murad starrte jetzt auf Jasmins Brustspitzen, die sich durch die weisse Bluse mit den Druckknöpfen abzeichneten. Er trat ein, schloss sachte die Tür hinter sich und näherte sich der jungen Frau. Sie hob den Kopf, blickte ihn fragend an. Er beugte sich über sie und streichelte ihre Brüste. Sie versuchte, ihn wegzustossen, und schrie ihn an: »Hey, lass mich los, du hast sie wohl nicht alle!«

Murad, weit davon entfernt, sich abschrecken zu lassen, schob eine Hand auf den Mund der jungen Frau, um ihre Schreie zu unterdrücken, und begann ungerührt, ihre Bluse aufzuknöpfen.

Da schlug eine Tür auf dem Gang, und das Geräusch von Schritten liess Murad hochfahren, der aus dem Büro sprang und Jasmin keuchend, knallrot und völlig entsetzt zurückliess.

In den folgenden Tagen ging Jasmin Murad aus dem Weg. Sie antwortete nicht auf seine Mails, die immer obszöner wurden, und wenn er ihr über den Weg lief, warf sie ihm einen hasserfüllten Blick zu und beschleunigte den Schritt. Eines Morgens, als sie an ihm vorbeiging, während gerade seine Verlobte neben ihm stand, wagte er, ihr zuzurufen: »Madame Jasmin, ein kleiner Gruss im Vorübergehen ist doch das mindeste. Ich weiss schon, niemand in diesem Unternehmen ist für Sie gut genug, aber seien Sie doch wenigstens höflich.«

Die Verlobte kicherte laut los. Jasmin eilte in ihr Büro und brach in Tränen aus. Sie erzählte niemandem von diesem Übergriff, nicht einmal ihrer Mutter, aber von diesem Tag an verliess sie ihr Büro gleichzeitig mit den anderen Frauen und begann sich vor der Dunkelheit zu fürchten. Die Ängste aus ihrer Kindheit kamen zurück, aus der Zeit, da sie nachts brüllte, überzeugt, ein schleimiges Monster lauere unter ihrem Bett. Sobald sie die Nachttischlampe ausknipste, fing ihr Herz wieder heftig zu pochen an. Die Angst war zurück und setzte sich in ihr fest.

19

Die drei Kinder hatten alles beisammen, was sie brauchten. Drei Wochen lang hatten sie Nahrung unter ihrem Bett gelagert. Vor allem Mahdi hatte Dutzende von Konservendosen mit dem Aufdruck *Algerische Armee* gebunkert, die der Chauffeur seiner Mutter palettenweise anbrachte. Es gab vor allem Corned Beef, das alle drei Kinder liebten. Er versteckte auch Wasser, Milch, Kekse und alles andere unterm Bett, was nicht im Kühlschrank aufbewahrt werden musste.

Und jeden Mogen packte er ein paar Produkte in seinen Schulranzen und brachte sie Ines mit, die sie im winzigen Verschlag hinten im Garten deponierte. Sie wusste, dass weder ihre Mutter noch ihre Grossmutter dort je nachsehen würden.

Kein Mensch in der Cité du 11-Décembre-1960 sprach noch vom Bolzplatz. Letztlich hatte es nur wenige Artikel in der Presse gegeben, die Journalisten hatten das Thema rasch abgehakt. In den sozialen Medien merkten viele Leute an, dass die Jugendlichen, die die Generäle angegriffen hatten, doch allesamt Obristenkinder seien und das Ganze sicher nur ein Clankrieg. Man hatte Fotos dieser jungen Leute ins Netz gestellt, plumpe Collagen, auf denen man sie Alkohol trinken, Joints rauchen oder andere junge Männer küssen sah.

Die Generäle hatten ihre Anzeige aufrechterhalten, der Gendarmerie aber Weisung gegeben, fürs Erste nichts zu unternehmen. Jussef wusste, dass er nur auf Bewährung frei war und beim kleinsten Fauxpas vor Gericht gezerrt und in den Knast gesteckt würde. Niemand machte sich etwas vor: Weder würde man sich schlagen noch Partei ergreifen für diese Söhnchen hochrangiger Offiziere, die ihre Tage damit zubrachten, Marihuana zu rauchen, in teuren Kutschen, die ihre Väter ihnen geschenkt hatten, durch die Gegend zu fahren und in den Nachtklubs der Hauptstadt die Hüften zu schwingen.

Das alles waren interne Geschichten unter Militärs, sollten sie doch sehen, wie sie damit klarkamen!

Jussef hatte keinen Fuss mehr auf den Bolzplatz gesetzt, er nicht und nicht seine Freunde. Sein Vater hatte ihm den Wagen weggenommen, chauffierte ihn persönlich zur Universität und überwachte ihn wie ein Kind.

Es gab kein einziges Fussballspiel mehr in der Cité du 11-Décembre-1960. Das Gelände lag frei zugänglich da, aber kein Mensch hat je wieder gewagt, auch nur in seine Nähe zu kommen. Schliesslich hatten die jungen Leute eine ganz einfache Wahl, so einfach wie brutal: weiter zu protestieren und ins Gefängnis zu gehen oder so lange die Klappe zu halten, bis die Generäle sie vergessen und mit den Bauarbeiten begonnen hätten.

Die Generäle waren hochzufrieden. Sie wussten, diese Jugendlichen würden keine Geschichten mehr machen. Die Gattinnen begannen in Möbelkatalogen zu blättern und sich ihr künftiges Heim auszumalen.

Mohamed war zwar noch nicht gänzlich beruhigt, aber sogar er entspannte sich ein wenig.

Der Regen hatte aufgehört, und die Temperaturen begannen zu steigen. Das Gelände war wieder völlig trocken.

Die Bauarbeiten sollten im Frühjahr beginnen, bis dahin würden sie die Pläne mit einem Architekten durchsehen, den sie eigens aus Spanien hatten anreisen lassen.

20

Am Freitag, dem 25. März 2016, begann der später so genannte Aufstand der Dezemberkids. Im Morgengrauen, als das erste Sonnenlicht auf das Gelände fiel, aber alle noch schliefen, stahlen sich Ines, Dschamil und Mahdi auf Zehenspitzen aus ihren Häusern. Dschamil kam sich wie ein Ausreisser vor. Drei Anläufe hatte er genommen, bis er sich tatsächlich aus dem Bett aufraffte. Doch das Versprechen, das er den anderen gegeben hatte, zerrte ihn langsam, aber sicher ins Freie hinaus. Die drei Freunde trugen die Lebensmittel aus dem Schuppen auf das Gelände, bereiteten ihr Zeltlager vor und errichteten eine kleine Backsteinmauer. Sie breiteten ihre Schlafsäcke aus, verstauten die Wasserflaschen gut geschützt in einer Kühlbox hinterm Zelt und sammelten Steine auf, die sie in einer Ecke zusammentrugen. Als alle Arbeiten erledigt waren, schlüpften sie unter ihre Decken, obwohl das Wetter eigentlich schon ganz gut war.

Die Erwachsenen machten sich erst einmal keine Sorgen. Die Kinder standen an den Wochenenden ja für gewöhnlich eher spät auf. Um 10 Uhr dann trat Jasmin vor die Haustür, um eine Zigarette zu rauchen, und erblickte mitten auf dem Bolzplatz ihr altes Zelt. Drum herum eine wacklige Backsteinmauer, deren Abschluss Glasscherben bildeten, darüber an einem Stock die algerische Flagge.

Verblüfft stand Jasmin und schaute, vergessen glimmte die Zigarette in ihren Fingern. Mahdi entdeckte sie als Erster und warnte die beiden anderen. Ines dachte an das, was die Grossmutter ihr seit Urzeiten eintrichterte: »Lass dich nur nicht von den Erwachsenen umstimmen, höre nur ja nie auf sie, wenn sie dir mit ihren Befürchtungen kommen.« Lange und unverwandt schaute sie ihre Mutter an, ohne den Blick zu senken. Alle drei Kinder standen nun vor dem Zelt, ein wenig beunruhigt, doch stolz auf das, was sie sich vorgenommen hatten.

Im Laufe des Vormittags verbreitete sich das Gerücht, dass sich auf der Freifläche ein paar Kids häuslich niedergelassen hätten, und etliche Erwachsene liefen aus den umliegenden Häusern herbei. Verwundert schauten sie zu den Kindern hin, tuschelten untereinander. Die Stunden vergingen. Die Kinder rührten sich immer noch nicht. Die Erwachsenen auch nicht. Dabei hinderte sie eigentlich nichts daran, sich Ines, Mahdi und Dschamil zu nähern, doch niemand wagte es, auch nur einen Fuss auf das Grundstück zu setzen.

Es schlug Mittag. Man sah Dutzende von Kids von allen Seiten herbeiströmen. Einige kamen von viel weiter her als der Cité du 11-Décembre. Ein zwölfjähriger Junge mit zerrissenen Hosen hatte sämtliche Jungs aus Cheraga, der Nachbargemeinde von Dely Brahim, im Schlepptau. Alle folgten ihm, mit ernster Miene, einem Knüppel in der Hand und einem schweren Rucksack auf den Schultern. Dann rückte ein Trupp von Mädels nach, die Fussbälle bei sich hatten, während die Jungs, die ihnen vorausgingen, mit schweren Taschen und Zelten beladen waren. Auch sämtliche Kids vom Bois-des-Cars-Viertel waren da. Neben ihren Schlafsäcken und Decken hatten sie noch mehr algerische Flaggen dabei, die sie überall in den Boden steckten. An die vierzig Kinder befanden sich nun auf dem Platz, im Kreis rund ums Zelt sassen sie, auf der staubigen Erde, unter den staunenden Augen der Erwachsenen.

Mahdi, Ines und Dschamil erzählten, wie sie den Morgen damit zugebracht hatten, ihr kleines Camp zu errichten, von ihrer Angst, dabei überrascht zu werden, und den streunenden Hunden, die sie in der Ferne bellen hörten. Die Erregung wuchs. Es war der Beginn eines aussergewöhnlichen Abenteuers.

Ein Junge aus Cheraga rief aus: »Ich kann es kaum erwarten, dass die beiden Generäle wiederkommen, denen werden wir es schon zeigen!«

Ein Mädchen mit Brille fügte hinzu: »Oh, ist doch klar, dass die wiederkommen. Irgendein feiger Erwachsener wird es denen schon stecken, dass da ein paar Kids ihr kostbares Grundstück besetzt haben.«

Ines nickte. »Mit Sicherheit. Da können wir uns drauf verlassen, dass die Bammel haben. Alles, was wir tun müssen, ist abwarten. Seht zu, dass ihr alle ein paar Steine zur Hand habt.«

Am Rand des Geländes kamen immer mehr Erwachsene zusammen. Alles nur Männer, mit Ausnahme von Jasmin und Adila. Die Männer redeten untereinander und liessen die beiden Frauen aussen vor.

»Was zum Teufel tun sie denn da, die ganzen Blagen?«

»Sieht aus, als würden sie das Gelände besetzen.«

»Und was machen wir jetzt?«

»Sollen wir sie verjagen?«

»Wie denn das? Es sind doch so viele, und ausserdem gehört das Land uns ja gar nicht.«

»Da hast du wohl recht, aber wir können doch nicht nur wie blöd hier herumstehen und zusehen …«

»Und wo haben sie so viele Flaggen her?«

»Machst du dir im Ernst darüber Gedanken? Wen interessiert das schon?«

»Mich jedenfalls nicht.«

»Sie werden uns in Schwierigkeiten bringen. Das alles hier muss endlich mal aufhören.«

»Und was tun wir jetzt?«

»Ich schlage vor: gar nichts.«

»Wirklich?«

»Ja, lassen wir die Generäle das doch selber regeln.«

»Auf keinen Fall, da drüben sind meine Kinder.«

»Na, dann geh sie doch holen, worauf wartest du noch? Wenn meine Tochter unter diesem Haufen von Taugenichtsen wäre, ich würde nicht zögern, sie da herauszuholen.«

»Eben, ich glaube, da sehe ich sie.«

»Wie?«

»Ja, da drüben, die Kleine mit der roten Hose, ist das nicht deine Tochter?«

»Doch … aber was tut sie denn hier? Ich dachte, sie wäre bei ihrer Freundin Nesrin.«

»Genau, das ist das Mädchen da neben ihr.«

»Nun, holen wir sie da jetzt raus oder nicht?«

»Es ist schon nach eins, ich habe Hunger.«

»Ich auch, lass uns nach Hause gehen, sie werden schon nachkommen, wenn ihnen der Magen knurrt und ihnen kalt wird oder wenn ihr Lieblingscartoon läuft.«

»Glaubst du?«

»Ich glaube vor allem, dass es eine Sache ist, wenn die Generäle hier auftauchen und Kinder auf ihrem Grundstück vorfinden, wenn sie aber kommen und uns alle hier finden, dann werden sie denken, dass das eine Revolte ist. Es ist besser, sich unauffällig zu verhalten … Sie haben die Anzeige noch immer nicht zurückgezogen.«

»Das stimmt, sie werden denken, dass wir gegen sie demonstrieren. Lass uns nach Hause gehen.«

Bei den Kids wurden Sandwiches und Wasserflaschen hervorgeholt, und es gab ein fröhliches Picknick.

Die Erwachsenen, die allesamt in ihren Häusern verschwunden waren, verpassten die Ankunft der Generäle. Die beiden Männer hatten sich nicht sonderlich beeilt. Spielende Kinder, wo war das Problem? Es war also schon später Nachmittag, als der Chauffeur am unteren Rand des Geländes parkte und eilfertig den Wagenschlag aufriss. Beim Anblick des Fahrzeugs erhoben sich alle vierzig Kinder wie ein Mann. Mit ihren Stöcken und Steinhaufen, ihren verschlossenen Mienen und ihren Augenschlitzen wirkten sie wie eine Miniaturarmee.

Saïd verschlug es die Sprache. Athman trat einen Schritt zurück, als sein Blick den von Dschamil kreuzte. Die beiden Generäle fragten sich, wer all diese Kids wohl sein mochten und aus welchem Grund sie dort waren. Es gab Kinder in allen Grössen. Winzlinge, daneben solche, die fast wie Teenager aussahen. Kleine Mädchen in

Shorts. Jungs in Jogginghosen. Brünette, Blonde, Rothaarige. Hinter ihnen beobachteten Jasmin und Adila sie vom Balkon ihres Wohnzimmers aus.

Um seine Verlegenheit zu überspielen, zündete Saïd sich eine Zigarette an. Im Grunde genommen, ohne es zugeben zu wollen, war er doch leicht entsetzt. Mit Erwachsenen konnte er umgehen. Selbst seine schlimmsten Feinde machten ihm keine Angst. Ausserdem hatte er Akten über jeden, war allzeit bereit, zu diskutieren, zu erpressen, an erbrachte Gefälligkeiten zu erinnern. Aber Kinder? Was soll man denen sagen? Wie bringt man die dazu, sich zu verziehen?

Trotz der Hitze in diesem März war der Himmel etwas bewölkt. Athman hoffte, dass jetzt gleich ein Gewitter losbrechen und die Kinder nach Hause treiben würde. So langsam machte ihn das alles ziemlich wütend. Als Saïd ihm von dem Grundstück erzählt hatte, dachte er, er würde ein gutes Geschäft machen und sich in einem ruhigen Viertel niederlassen, in der Nachbarschaft von lauter Armeeangehörigen, die Rang und Hierarchie respektierten.

Die beiden Männer traten vor, aber sobald sie den ersten Schritt auf den Bolzplatz taten, ertönten Schreie der Wut, die sich schnell zu einem einzigen Slogan verbanden: »Nieder mit den Generälen! Der Platz gehört uns!«

Diese ignorierten das und bewegten sich unaufhörlich voran. Saïd brüllte: »Hey, Kinder!«

Es gab ein minutenlanges Stimmengewirr, dann liessen die Kids Mahdi, Dschamil und Ines durch, die auf die Generäle zugingen.

»Ja?«

»Was ist los? Was macht ihr hier?«

»Wir werden nicht zulassen, dass ihr uns unseren Bolzplatz wegnehmt!«, rief Ines.

Athman lächelte ihr zu. »Kommt schon, Kinder, er gehört doch uns. Wir können euch erlauben, noch ein paar Tage hier zu spielen, aber in einer Woche beginnen die Bauarbeiten, und dann müsst ihr weg.«

Mahdi erwiderte: »Wir brauchen Ihre Erlaubnis nicht, Monsieur! Wir sind hier zu Hause!«

Saïd konnte sich nicht beherrschen: »Ihr werdet euch verdammt noch mal von hier verpissen, ihr Lausebande! Ich werde euch zeigen, was Anstand ist!«

Dies war der Beginn der Revolte. Es regnete nur so Beleidigungen auf die Generäle herab. Die vierzig Kinder führten ihren kompletten Wissensschatz an Tiernamen, Wortspielen, kleinen spöttischen Geräuschen und vulgären Gesten ins Feld.

Sie hörten erst auf, als sie die zahnlose Alte mit der geflochtenen hennaroten Haarkrone sahen, die Verrückte vom Viertel, die jetzt ihrerseits den Platz betrat. Sie lief zu den Generälen hin und packte sie beide am Ärmel ihrer Jacken: »Eure Exzellenz Nummer eins, Eure Exzellenz Nummer zwei, es gibt ein ganz wunderbares Grundstück weiter oben. Absolut, gleich hinter dem Wasserturm. Reisst nur den Wasserturm ab, und nehmt euch einfach alles!«

Von ihrem Fenster aus prustete Adila vor Lachen laut los. Jasmin hingegen zog nervös an ihrer Zigarette, wobei sie Ines nicht aus den Augen liess.

Wütend brüllten die Generäle nun ihrerseits den Kindern Beleidigungen entgegen, während sie sich von der rothaarigen Verrückten befreiten und allen mit der Jugendstrafanstalt und dazu einer anständigen Tracht Prügel drohten.

Die Kids brachen in lautes Gelächter aus, und Mahdi schlug tollkühn vor: »Na, dann kommt nur rüber, und verprügelt uns, das wird bestimmt lustig!«

Zunehmend entnervter, fragten die beiden Männer, nachdem sie ihnen noch ein paar Beleidigungen entgegengeschleudert hatten: »Wer sind überhaupt eure Väter? Wo stecken diese Feiglinge, die euch an ihrer Stelle schicken?«

Von allen Seiten flogen die Antworten über den Platz:

»Meiner hockt garantiert vor dem Fernseher, der faule Fettsack, während meine Mutter den Haushalt macht.«

»Meiner wird wohl in der Moschee sein. Da hat er auch recht, bei allem, was er sich vergeben lassen muss.«

»Meiner ist auch zur Moschee gegangen. Jeden Freitag sagt er uns das, aber in Wahrheit sitzt er im Café!«

»Meiner schläft noch. Er hat nichts weiter zu tun, mein Grossvater kommt für alles auf!«

»Und meiner ist bei seiner Hure! Ja, seiner Hure!«

»Meiner wäscht gerade sein Auto, das liebt er mehr als alles andere.«

»Und mein Vater, Monsieur, der ist im Badezimmer. Stundenlang schliesst er sich dort ein; wenn Sie wüssten, das nervt uns total.«

»Meiner ist unterwegs, um Brot zu kaufen. Vermutlich kommt er mit einer ganzen Tonne zurück, denn er ist schon drei Jahre unterwegs, und wir warten noch immer auf ihn.«

»Unsere Väter? Also mal ehrlich, wen interessiert schon, was die tun? Wir sind doch hier, wir brauchen die gar nicht!«

Ines pflichtete bei: »Absolut, wir sind hier, und wir haben Ihnen etwas zu sagen! Sind Sie bereit?«

Und es hagelte neue Beleidigungen:

»Bolzplatzräuber!«

»Bolzplatzmörder!«

»Bastarde!«

»Fahrt zur Hölle!«

»Das ist unser Zuhause!«

»Ihr Spielverderber!«

»Achtung«, rief Mahdi, »einer von denen zieht seine Waffe!«

Die Kinder hoben Steine auf und machten sich bereit.

Jasmin war kurz davor hinunterzuspringen, doch ihre Mutter hielt sie zurück: »Warte ab, lass es laufen.«

Stumm nahmen die vierzig Kids General Saïd ins Visier, der nervös seine Pistole in der Hand hielt. Mehrere Minuten vergingen. In der Ferne bellte ein Hund. Athman gab seinem Freund schliesslich einen Wink, die Waffe zu senken und zurück ins Halfter zu stecken. In diesem Moment pfiff ein Backstein über ihre Köpfe hinweg, begleitet von höhnischem Gekicher und Dutzenden von Steinen.

Es war Krieg. Die Kids warfen Ziegel und Steine auf Köpfe und Beine. Die Generäle schützten sich, so gut sie konnten, darauf wartend, dass die Munition ausging, doch der Vorrat an Kies und Schotter schien endlos.

Der Chauffeur in der Limousine hatte sich hinter das Lenkrad geduckt. Er fürchtete, ein Backstein könne jeden Moment die Windschutzscheibe zertrümmern, und überlegte, ob er nicht lieber Gas geben sollte. Er hatte vor den Kids genauso viel Angst wie vor den Generälen.

Adila filmte die ganze Szene mit ihrem Handy und versuchte, dabei nicht zu zittern. Jasmin ihrerseits war gespalten zwischen ihrer Sorge um Ines und dem Vergnügen, mitanzusehen, wie die beiden Generäle hier malträtiert wurden.

Die Kids kämpften mit grosser Leidenschaft, ihre Mienen waren angespannt, ihre Lippen zusammengepresst. Sie waren flink und ihre Würfe treffsicher. Unmerklich rückten sie vor, Zentimeter um Zentimeter. Die Generäle wichen zuletzt immer weiter zurück, bis an den Rand des Platzes. Noch zögernd, beschlossen sie schliesslich, ganz zu gehen, die Arme noch immer schützend über ihrem Kopf. Sie sprinteten zu ihrer Limousine. Der Chauffeur gab Gas, um diesen Ort des Schreckens möglichst schnell zu verlassen.

Auf dem Platz herrschte Euphorie. Man feierte den Sieg. Die Kinder fielen einander um den Hals, umarmten sich, klopften sich gegenseitig auf den Rücken. Mit schallendem Lachen zeigten sie auf das Auto, das sich entfernte, warfen sich vor lauter Aufregung zu Boden. Und schon führten sie das Spiel ein zweites Mal auf, ohne einander auch nur zuzuhören, redeten sie alle gleichzeitig:

»Hast du gesehen, was für ein Gesicht die gemacht haben!«

»Und als der andere dann seine Waffe zog!«

»Glaubst du, er hätte schiessen können?«

»Nein! Auf Kinder? Du spinnst wohl! Der wollte uns doch nur Angst machen.«

»Aber wir hatten keine Angst und werden nie wieder welche haben!«

»Und der Chauffeur in seiner Limousine, wie der erst dreingeschaut hat!«

»Ich bin mir sicher, dass er Pipi in die Hose gemacht hat.«

»Der Angsthase!«

Von ihrem Fenster aus klatschte Adila den Kindern lange Beifall.

Niemand war verletzt worden. Aber vierzig Kids hatten zwei Generäle gedemütigt, und so etwas konnte nur ein böses Ende nehmen.

21

Ein Dutzend Kinder lieferte sich ein Match, während ein paar andere sich fröhlich unterhielten und wieder andere Steine auflasen und in einer Ecke zusammentrugen.

»Glaubt ihr, sie kommen wieder?«, fragte Dschamil.

Mahdi drehte sich zu ihm. »Sollen sie doch kommen, sie werden schon sehen!«

»Ich glaube, dass sie uns jetzt in Ruhe lassen«, erklärte Ines. »Sie werden es kaum riskieren wollen, ein zweites Mal eine solche Schlappe einzustecken! Nicht nach dem, was wir ihnen da angetan haben.«

Die Sonne würde bald untergehen. Mahdi versuchte gerade, den Ball ins Tor zu bolzen, in dem Ines stand, als er seine Mutter mit grossen Schritten auf sich zulaufen sah. Wie seltsam, sie hatte noch ihre Armeeuniform an.

Sie zögerte kurz, den Platz zu betreten, blieb schliesslich am Rand stehen und rief: »Wie konntest du das wagen, Mahdi? So hab ich dich nicht erzogen!«

»Ich hab nichts Böses getan!«

»Einfach davonlaufen, ohne Bescheid zu geben? Wie bist du überhaupt zur Tür rausgekommen?«

»Ich hab den Schlüssel genommen, ihn ins Schloss gesteckt und umgedreht, ganz einfach.«

»Ich verstecke den Schlüssel doch immer!«

»Ja, in der zweiten Schublade vom Fernsehschränkchen, unter dem kleinen Koran, der Grossmutter gehört hat.«

»Aber … das wusstest du?«

»Natürlich, ich hab doch oft genug gesehen, wie du ihn da versteckt hast.«

»Kleiner Schnüffler! Schämst du dich nicht? Dein armer Vater, ich habe es nicht gewagt, ihm etwas zu sagen! Er könnte am Ende noch einen Herzinfarkt bekommen. Willst du das vielleicht?«

»Papa bekommt keinen Herzinfarkt. Er giesst sich ein Glas ein und gut.«

»Pst! Bist du verrückt geworden, sprich doch hier nicht darüber! Ich habe es dir schon erklärt, dass du nie von Papas Flaschen reden sollst.«

»Ehrlich, Mama, Papas Flaschen sind denen hier total egal.«

Mahdis Mutter begann ihren Sohn anzubrüllen, der ungerührt zuhörte. Sie jammerte, ersuchte den Himmel um Beistand, und am Ende flehte sie Mahdi an: »Mein Sohn, dein Vater ist krank, und ich kann bald nicht mehr. Das ist alles nicht so einfach für uns, das weisst du doch. Los, komm nach Hause mit mir, ich flehe dich an, komm mit. Denk doch mal nach, überleg mal, was du uns antust. Ich bin in erster Linie eine Armeeangehörige, ich muss Rechenschaft ablegen. Ich kann doch kein Kind haben, das mit Steinen nach Generälen wirft …«

Mahdi unterbrach sie: »Mama, ich habe Verantwortung für die ganzen Kids, die du hier siehst. Wir werden uns schlagen bis zum letzten Stein. Für uns ist das wichtig. Du kannst das nicht verstehen, aber wenn du es nicht respektierst, sollten wir uns erst dann wiedersehen, wenn wir die Generäle definitiv von hier weghaben. Und wenn ich dich echt in Schwierigkeiten bringe, dann sag einfach, dass ich nicht dein Sohn bin, das macht mir nichts aus. Geh jetzt lieber mal nach Hause, und kümmere dich um Papa. Lass mich hier in Ruhe.«

Auf der anderen Seite des Bolzplatzes stand Dschamil mit gesenktem Kopf vor seiner Grossmutter. Sie hatte ihn herangewinkt, und er war bis an den Rand gekommen, hatte aber einen »Sicherheitsabstand« gewahrt, damit sie ihn nicht plötzlich packte und mit Gewalt nach Hause zöge. Dazu wäre sie am Ende noch imstande gewesen, für eine alte Dame hatte sie einen sehr zupackenden Griff.

So zog sie nur die Augenbrauen hoch und bemerkte ironisch: »Die Nachbarn haben mir erzählt, dass mein Enkelsohn den Revoluzzer spielt. Das wollte ich mal mit eigenen Augen sehen.«

Normalerweise hätte Dschamil sich stotternd in Entschuldigungen ergangen, sogar in Tränen wäre er ausgebrochen, aber er wusste, da standen jede Menge Kids hinter ihm, die fest auf ihn zählten, und wenngleich er den Kopf gesenkt hielt, er hatte keine Angst, fühlte sich freudig erregt und seltsam leicht.

Der Gedanke gefiel ihm, unwillkürlich musste er lächeln, und seine Grossmutter wurde wütend: »Jetzt werd nur nicht unverschämt!«

»Aber Oma, ich hab doch gar nichts gesagt!«

»Du weisst genau, was ich meine. Undankbarer kleiner Kerl. Nach allem, was wir für dich getan haben!«

»Das hat doch nichts mit Opa und dir zu tun!«

»Du bist eine Schande für uns. Dein Grossvater wird sich nie wieder erhobenen Hauptes zeigen können. Wird nie wieder im Offizierskasino Kaffee trinken können! Du hast sein Leben ruiniert. Er hat sich im Schlafzimmer eingeschlossen. Ist dir wenigstens klar, wie viel Leid und Probleme dein kleines Spielchen mit sich bringen kann?«

»Das ist kein kleines Spielchen, das ist unser Bolzplatz!«

»Und die ganzen Kinder da, wer sind die?«

»Das sind Kumpel ...«

»Wo kommen sie her?«

»Das sind unsere Freunde. Sie wohnen alle hier in der Nähe oder jedenfalls nicht weit weg.«

»Aber wer sind ihre Eltern? Was tun sie?«

»Weiss ich doch nicht! Ist uns auch egal! Hier sind alle Kinder willkommen ...«

Die Grossmutter brummte: »Ihr werdet alle eine anständige Tracht Prügel kassieren, und das geschieht euch nur recht. Ich hoffe, ihr werdet alle knallrote Pobacken haben und euch wochenlang nicht draufsetzen können.«

22

Um 19 Uhr, zur Stunde, da ganz Algerien erfuhr, was den beiden Generälen passiert war, ass Jussef mit seinen Eltern in einer Atmosphäre eisigen Schweigens zu Abend. Seine kleine Schwester war auf dem Bolzplatz, und ihr leerer Stuhl schaute den Vater triumphierend an.

Seine Mutter war blass, hatte einen Bademantel in verblichenen Farben an und schniefte pausenlos, ohne sich zu getrauen, irgendetwas zu sagen. Sie bekam keinen Bissen herunter und hielt sich zurück, so weit sie konnte, um ihren Mann nicht noch mehr zu reizen. Nach dem Essen ging Mohamed in den Garten, um eine Zigarette zu rauchen. Er setzte sich auf die Stufen und loggte sich mit seinem neuen Smartphone bei Facebook ein. Er und seine Frau waren grosse Fans der sozialen Netzwerke. Sie teilten permanent Beiträge, ohne die Quellen zu prüfen, und stellten ständig Fotos ihrer Kinder online, selbst die intimsten. So waren alle wichtigen Momente im Leben ihrer Tochter, Geburtstag, Beginn des neuen Schuljahrs, Theaterauftritt zum Jahresende, im Internet zugänglich.

Mohamed sah, dass auf mehreren Seiten Karikaturen über die Generäle in Umlauf waren und dass das von Adila gepostete Video schon mehr als tausendmal aufgerufen worden war. Das machte ihm Angst. Jussef, sein Sohn, hatte sich zu ihm auf die Stufen gesetzt. Er war auch gerade auf Facebook, aber im Gegensatz zu seinem Vater freute er sich über das, was er da sah. Die Mutter blieb im Haus und betete stumm.

Jussef steckte sein Handy weg und erklärte: »Ich geh dann mal, gute Nacht.«

Mohamed fuhr auf: »Was soll das heissen, du gehst? Auf gar keinen Fall setzt du einen Fuss vor die Tür!«

»Meine zehnjährige Schwester kann die ganze Nacht auf einem Stück Brachland verbringen, aber ich soll brav zu Hause bleiben und Däumchen drehen?«

»Willst du eine Tracht Prügel? Willst du mich um den Verstand bringen? Ihr wollt mich wohl alle um den Verstand bringen in diesem Haus?! Ist euch überhaupt klar, in was für eine Lage ihr euch da bringt, deine Schwester und du?«

Jussef gab zurück: »Das hat doch mit dir nichts zu tun. Hör endlich auf, zu glauben, dass wir das alles nur tun, um dich zu ärgern. Ihr seid doch alle paranoid.«

»Wer soll das sein, alle?«

»Du, deine Freunde, die Generäle, eure Generation. Alle paranoid! Da kicken Zehnjährige auf einem Bolzplatz herum, und ihr seid überzeugt, das tun sie bloss, um euch zu ärgern.«

»Das Ganze ist deine Schuld und die deiner Freunde. Ihr habt den Kids diesen Floh ins Ohr gesetzt.«

»Wir haben ihnen überhaupt nichts ins Ohr gesetzt. Sie setzen sich zur Wehr, weil sie das so wollen, und sie haben absolut recht.«

Wütend stand Mohamed auf und schrie: »Das sind alles Kinder, dumme Jungs. Und du auch! Die Generäle werden gleich morgen damit anfangen, sie zu vertreiben, und wenn es sein muss, mit Bulldozern!«

Jussef stand ebenfalls auf. Er war grösser als sein Vater und sah ihm direkt ins Gesicht, bevor er sarkastisch anhob: »Ja, vielleicht sind es nur Kinder, aber sie haben geschafft, was vor ihnen niemandem, absolut niemandem gelungen ist, nämlich zwei Generäle zu demütigen. Was auch immer noch passiert, man wird nie vergessen, dass eine Handvoll Kids zwei grossen Generälen Angst eingejagt hat. Und noch in zehn Jahren wird man darüber lachen.«

Die Mutter, die alles von drinnen mitangehört hatte, erschien auf der Türschwelle und mischte sich ein: »Jussef, bitte, sei nicht so respektlos gegenüber deinem Vater.«

»Nicht jeder Kampf ist es wert, geführt zu werden, Jussef. Und das ist doch wirklich keine Art zu kämpfen, Steine werfen auf einem Stück Brachland ... also wirklich!«

»Na, und wie sähe ein richtiger Kampf denn deiner Meinung nach aus, Papa?«

»Man meldet sich in Zeitungen zu Wort, man organisiert sich in Parteien, gründet Vereine, man bringt die Machthaber dazu, einen anzuhören ... Man greift nicht zu primitiven Methoden, und vor allem zieht man keine Kinder da mit rein. Ihr seid alle viel zu jung dafür.«

Jussef sagte nichts. Er hätte erwidern können, dass er vermutlich zu alt war, aber er wollte seinen Vater nicht kränken.

23

Der Stand der Dinge. Die Generäle hatten sich vom Acker gemacht. Im Netz zirkulierte das Video. Auf dem Gelände richteten die Kids sich munter ein. Sie schwatzten fröhlich, organisierten Fussballturniere und suchten kleine Steine zusammen. Als es dunkel wurde, holten sie Decken, Bettzeug und ganz dünne Matratzen hervor, die sie von zu Hause mitgenommen hatten. Mahdi teilte die Nachtwachen ein, doch vor allem teilten sich die Kids in das Essen. Lachend verdrückten sie gekochte Eier und Sandwiches mit Thunfisch oder Corned Beef und gaben Geschichten zum Besten. Dschamil erzählte ihnen vom Wasserturm, und ein stummes Frösteln befiel sie alle. Die Mädchen rückten zusammen, wie um sich gegenseitig zu schützen.

Schliesslich streckten sie sich zum Schlafen aus, den Kopf voller Träume, im Herzen eine grosse Hoffnung. In der Ferne liefen einige Erwachsene herum, Familienmitglieder, Freunde, Bekannte, aber niemand traute sich zu ihnen hin. Die Kids schienen wie durch eine magische Mauer geschützt.

Jetzt, da es tiefschwarze Nacht war und nur die Sterne und der Mond das Gelände beschienen, die Häuser fast unsichtbar waren, kam ihnen alles noch viel grösser vor. Es fiel ihnen nicht schwer, sich vorzustellen, ganz weit weg von der Stadt zu sein. Sie konnten den Schotter erahnen, einige kleine Sträucher hier und da, die Erde, die Vegetationsbüschel, die grossen grauen Steine. Auch die Insekten, die um sie herumschwirrten, nahmen sie wahr.

Ines, Dschamil und Mahdi betrachteten dieses merkwürdige Camp, all diese Kids, die da rings um sie herumlagen. Sie waren stolz darauf und auch ein wenig benommen. Diese ganze Szenerie hatten sie sich ausgedacht. Ines legte ihre Arme um die Schultern ihrer Freunde und flüsterte: »Wir werden es schaffen!«

Die Jungs lachten. Es stimmte, sie würden gewinnen!

»Was hat eigentlich deine Mutter vorhin zu dir gesagt?«, wollte Dschamil von Mahdi wissen.

»Ach, das Übliche: Ich würde sie noch mal umbringen, ob ich mich nicht schämte, blabla – und deine Grossmutter?«

»Das Gleiche.«

Die drei Kids drehten noch eine Runde ums Camp, sammelten ordentlich die leeren Verpackungen und Konservendosen ein und warfen alles in grosse Müllbeutel, dann schlüpften auch sie in ihre Schlafsäcke. Nach den Ereignissen des Tages hatte sich ihrer ein Gefühl fiebriger Erregung bemächtigt sowie eine leichte innere Unruhe. Was würden ihre Familien sagen, wenn sie irgendwann wieder nach Hause kämen?

Einige Kinder fürchteten sich. Andere konnten nicht einschlafen, aus Angst, ein herumstreunender Hund könne sie angreifen. Wieder andere hatte die Gruselgeschichte vom Wasserturm, in dem es spukte, aufgewühlt. Sie lagen auf dem Rücken, stumm, und schauten zum Himmel. Einige Minuten oder Stunden später, wann genau, hätten sie nicht zu sagen gewusst, fielen sie in einen leichten, unruhigen Schlaf.

Ines hielt die Ohren gespitzt. Sie befürchtete, die Generäle könnten die Nacht ausnutzen, um heimlich zurückzukommen oder ein ganzes Regiment aufzubieten, um sie zu ergreifen und ins Gefängnis zu werfen. Sie konnte in aller Ruhe schlafen. Die Generäle würden sich nicht mehr blicken lassen.

24

Am Tag nach der Schlacht mit den Kids begab General Athman sich zum Sitz der Staatssicherheit.

Sein Chauffeur sprang aus der Limousine und öffnete ihm mit breitem Lächeln den Wagenschlag. Er hoffte inständig, die beiden Generäle möchten es ihm nicht verübeln, dass er tags zuvor die ganze Zeit über im Wagen geblieben war, und heischte um Vergebung, indem er noch unterwürfiger als üblich war.

Der Offizier, der den General einliess, begleitete ihn bis zum Büro des Direktors und neigte zum Zeichen seines Respekts kurz den Kopf, bevor er sich zurückzog.

Die beiden Männer tranken erst mal einen Kaffee, deponierten dann ihre Handys auf dem Tisch und begaben sich hinaus auf den Balkon. Der Direktor schloss die Balkontür hinter sich, dann machten sie es sich auf überaus komfortablen, aus Spanien importierten Stühlen bequem.

General Athman rieb sich die Augen. Seit einigen Tagen war er sehr müde. »Ich brauche Hilfe. Jemand hat ein Video gedreht, auf dem mein Freund Saïd und ich durch den Kakao gezogen werden, wo so ein paar Bälger randalieren. Sie haben es sicher gesehen.«

»Ja, meine Männer haben es mir gezeigt. Es wurde heute Nacht ständig angeklickt.«

»Ich möchte wissen, von wem es stammt und wer es als Erster ins Netz gestellt hat.«

»Das wissen wir schon. Das war Madame Adila, die Mudschahida. Sie wohnt direkt gegenüber Ihrem Grundstück, sie hat es sicher von ihrem Haus aus gefilmt.«

Eine Taube liess einen Klecks direkt zu Füssen von General Athman fallen. Er sah darin ein Zeichen. Er konnte kaum den Abend abwarten. Seine Seherin sollte kommen. Im Moment schien alles aus dem Ruder zu laufen. Sie sollte seine Villa inspizieren und ihm ein paar Ratschläge geben.

Mit matter Stimme fragte er weiter: »Was kann man denn tun?«

Der Direktor lächelte mitleidig. »Das Übliche: Tausende gefälschter Konten erstellen, um die, die das Video teilen, anzugreifen, den Eindruck erwecken, dass das Video gefälscht ist ...«

»Na schön ... und weiter, was gedenken Sie zu tun, um uns gegen diese Ganoven zu helfen?«

»Äh ... Sie reden von den Kids, Herr General?«

»Ja ...«

»Na ja ... werter Freund, Sie wissen schon, dass wir keine Kinder verhaften können, ebenso wenig wie wir Madame Adila verhaften können, sie ist eine sehr bekannte, sehr beliebte Mudschahida, eine alte Dame ... Wenn wir intervenierten, um Kids und eine alte Dame, die von den Franzosen gefoltert wurde und für die Unabhängigkeit des Landes gekämpft hat, zu verhaften, dann kämen Massen von Leuten, um die Gefängnistüren mit eigenen Händen herauszureissen und sie daraus zu befreien. Und dann steckten sie mich und Sie dort hinein.«

»Das glaube ich nicht. Die Algerier tun, was man ihnen sagt, und sie gehen schon lange nicht mehr auf die Strasse, um zu protestieren. Alles, was sie noch interessiert, sind der Eurokurs und die sozialen Netzwerke. Solange sie surfen können, sind sie gut beschäftigt.«

»Glauben Sie mir, mein lieber Freund, das wäre ein Fehler. Wir können keine Zehnjährigen verhaften.«

»Dann gehen Sie anders vor: Tränengas, Wasserwerfer, Schlägertrupps!«

»Wir haben keine Schlägertrupps, die aus zehnjährigen Kindern bestehen, Herr General, und erwachsene Schläger würde man schnell erkennen, die können nicht so einfach in der Menge untertauchen … Und Tränengas und Wasserwerfer gegen Kinder einsetzen? Das ist doch nicht Ihr Ernst! Das Fernsehen rund um den Globus würde über uns berichten.«

»Und kann man nicht das Schreckgespenst des Islamismus aufleben lassen? Den Terrorismus?«

»Bei Kindern? Das wird nicht funktionieren. Wissen die Kids überhaupt, was Islamisten sind?«

Lange Zeit herrschte Schweigen. Dann redete General Athman weiter: »Diese Geschichte beginnt mich zu ermüden. Saïd hat Probleme mit seinem Sohn und kann mir nicht helfen. Sie sind auf dem Laufenden, was passiert ist?«

»Ja … eine sehr ärgerliche Geschichte. Hier hätten wir die Angelegenheit natürlich mit zwei Anrufen regeln können, aber in Frankreich, da dauert derlei länger. Die Zeitungen haben das Ganze natürlich auch schon aufgegriffen.«

»Genau. Saïd ist heute in Paris und versucht, die Sache zu bereinigen.«

»Das macht er richtig, dass er vor Ort ist, um seinem Sohn unter die Arme zu greifen.«

»Wir müssen das mit dem Grundstück also ohne ihn vom Tisch kriegen. Er hat mir freie Hand gegeben. Sie wissen, dass ich Kinder sehr mag und mir absolut nichts daran liegt, dass es noch mehr Probleme gibt als bisher?«

»Ja …«

»Also dann lassen Sie sich was einfallen. In spätestens einer Woche muss der Platz geräumt sein.«

»Gewiss, Sie können sich auf mich und meine Teams verlassen. Wir werden geschickt vorgehen.«

Kaum war der General gegangen, rief der Direktor seinen Assistenten herbei, der mit freudiger Miene ins Büro gestürzt kam.

»Sie setzen die bisherige Strategie in den sozialen Medien fort.«

»Gewiss, Herr Direktor. Ich werde höchstpersönlich die Arbeit unserer Agenten überwachen.«

»Und ausserdem …«

»Ja, Herr Direktor?«

»Sorgen Sie dafür, dass der Bolzplatz in einer Woche geräumt ist.«

»Sehr wohl, Herr Direktor.«

»Aber gehen Sie behutsam vor. Wir haben es mit Kindern zu tun. Nichts Überstürztes oder Dummes.«

»Gewiss, Herr Direktor. Wir alle sind ja vernarrt in die Kiddies, selbst wenn sie schlecht erzogen sind.«

Der Direktor deutete ein Lächeln an und entliess seinen Assistenten mit einem kurzen Wink.

25

Mohamed lag in seinem Arbeitszimmer auf den Knien und ergänzte sein Abendgebet um ein paar zusätzliche *rakaat.* Ihm war, als sei er dem lieben Gott einen kleinen Vorschuss schuldig. Er nahm noch rasch ein Aspirin, entkleidete sich dann im Schlafzimmer und streckte sich neben seiner Frau aus, die sich gleich an ihn schmiegte. Er schloss die Augen, doch er fand keinen Schlaf. Er war nervlich am Ende, schämte sich über seinen Wutanfall. Die Diskussion mit Jussef hatte ihn gewaltig aufgebracht. Nie hätte er es gewagt, in diesem Ton mit seinem Vater zu sprechen. Sein armer Vater. Was hätte der wohl zum Zustand des Landes gesagt? Er war am 27. Dezember 1978 gestorben, am selben Tag wie Houari Boumediene. Mohamed, der Boumediene grenzenlos verehrte, hatte den Tod beider Männer zu gleichen Teilen beweint, ihm war, als habe er zwei Väter auf einmal verloren. Zwei Tage danach war er zusammen mit Tausenden von Algeriern der sterblichen Hülle des Präsidenten bis zum Friedhof El Alia gefolgt. Damals war er gerade achtzehn Jahre alt. Aus aller Welt waren Delegationen angereist, um an der Trauerfeier teilzunehmen. Sogar den Boxer Muhammad Ali hatte er entdeckt, der zusammen mit den Amerikanern gekommen war, die sich hinterher noch Zeit nahmen, im Stadtzentrum mit der Jugend zu diskutieren.

Und dann hatte der Zorn sehr schnell den Kummer überdeckt. Diskussionen waren entflammt. Scherif und er hatten ganze Abende damit verbracht, sich zu fragen, woran Boumediene eigentlich gestorben war und was er wohl gemacht hätte, hätte er seinen Kampf für Algerien, den Panafrikanismus und die Länder der Dritten Welt fortsetzen können. Zwei Monate vor seinem Tod war Houari Boumediene in Begleitung von Ahmed Taleb Ibrahimi, seinem Waffengefährten, Minister und Arzt, nach Moskau geflogen. Seit seiner Rückkehr aus Syrien, wo er an einer Versammlung arabischer Staatschefs teilgenommen hatte, litt er unter furchtbaren Migräneattacken. Zur selben Zeit hielt Mohamed Tag und Nacht Wache am Bett seines Vaters. Der Ärmste lag im Sterben. Die Ärzte hatten ihn aufgegeben, da war nichts mehr zu tun. Der Tod sollte lang, schmerzhaft und unaufhaltsam sein.

Am 14. November kam Boumediene extrem geschwächt nach Algier zurück und fiel ins Koma. Wenige Meter von seinem Sterbezimmer entfernt bereiteten Schattenmänner die Nachfolge vor. Am Freitag, dem 24. November, erwachte der Präsident aus dem Koma, in das er vier Tage später erneut versank. *Man kann nichts für ihn tun,* sagte der Arzt.

Die Traueransprache hielt der Aussenminister, ein kleiner junger Mann mit stahlblauem Blick: Abdelaziz Bouteflika. Man kannte ihn als Ehrgeizling, der stets auf dem Sprung war und davon träumte, Präsident zu werden. Zwei Jahre zuvor hatte er versucht, den Justizminister zu überreden, einen Vizepräsidentenposten zu schaffen, der zugleich mit dem Präsidentenamt besetzt worden wäre und den er hätte bekleiden können. »Es wurde viel über meine Beziehung zu Bouteflika gemutmasst«, liess Houari Boumediene noch kurz vor seinem Tod verlauten. »In Wahrheit war Abdelaziz ein unerfahrener Jungspund, der einen Mentor brauchte, und diese Rolle habe ich übernommen. Er wird es mir wohl verübeln, dass ich ihn nicht zum ›Thronfolger‹ bestimmt habe, wie es sein Wunsch war.« Einen Vizepräsidentenposten sollte es nicht geben, und dem jungen Bouteflika zog man als dritten Staatspräsidenten Chadli Bendjedid vor.

Woran ist Boumediene gestorben? Mohamed ist überzeugt, dass er in Syrien von jungen Mossad-Offizieren vergiftet wurde, die ihn über ein Kamera-Blitzlicht mit einem Supervirus infiziert hätten. Scherif zufolge war es eher eine vom irakischen Geheimdienst angeordnete Thalliumvergiftung. Damals waren jede Menge Gerüchte in Umlauf, wie das von dem angeblich syrischen Spionagepaar, Lehrern in Constantine, die es geschafft hätten, ganz nah an ihn heranzukommen, um ihm Gift beizubringen. Und dann ist da noch diese verrückte Geschichte von OAS-Mitgliedern, die in Algerien geblieben seien und den Präsidenten mit einem Kopfschuss erledigt hätten.

In Mohameds Arbeitszimmer hängt ein Foto seines Vaters und eins von Houari Boumediene. Wenn er mit Scherif spazieren geht, lassen die beiden manchmal alle Errungenschaften Revue passieren, die Algerien diesem grossen Präsidenten verdankt: Er hatte die Wirtschaft des Landes gefördert, liess Monumente, Stadien, Universitäten errichten, im ganzen Land flächendeckend Schulen bauen und verschaffte Algerien einen wichtigen Platz im internationalen Konzert der Völker, hatte er doch mitten im Kalten Krieg die Gipfelkonferenz der Blockfreien Staaten organisiert und sich, indem er vor der UNO für eine neue Weltwirtschaftsordnung plädierte, zum Sprachrohr der Entwicklungsländer gemacht.

Keiner der beiden Männer erwähnt indes je die vielen Massnahmen, die Boumediene traf, um die individuellen und kollektiven Freiheiten zu beschränken. Keiner der beiden befleckt das Bild dieses Präsidenten, indem er etwa zugibt, dass dieser nicht gewählt, sondern durch einen Putsch an die Macht gekommen ist, dass es keinerlei Demokratie unter ihm gab und in den dreizehn Jahren seines Regimes nicht eine private Zeitung, nicht eine politische Partei ihre Zulassung erhielt. Sie reden auch nicht von den Künstlern, die von jeder staatlichen Hilfe ausgeschlossen wurden, sobald sie seine Politik kritisierten.

Als er starb, hatte Boumediene genau 698 Dinar auf dem Bankkonto. Er besass weder Immobilien noch ein Konto im Ausland. Mohameds Vater hatte im ganzen Leben nie ein Konto besessen und hinterliess seinen Kindern nichts als seine Ganduras und Scheschias, seinen alten Knotenstock, zwei Gebetsteppiche, seine Gebetskette aus blauen Steinen und eine Handvoll Münzen für einen Kaffee.

26

»Ich sehe da … ich sehe … noch immer dieses Rot, das vor meinen Augen tanzt. Ein roter Fleck, der einfach nicht weggehen will, niemals. Der für immer bleiben wird.«

»Und was hat das zu bedeuten?«, fragte General Athman, leicht irritiert, seine Seherin.

»Irgendjemand ist Ihnen nicht wohlgesinnt. Eine Person, die bis ans Ende Ihres Lebens da sein wird, irgendwo lauernd, bereit, Sie auszurauben. Nehmen Sie sich in Acht vor Frauen in Rot.«

»Mein Gott, aber kann man denn da nichts machen?«

»Nehmen Sie sich in Acht vor Frauen in Rot. Das ist alles, was Sie tun können.«

»Gibt es bestimmte Tage, die ich meiden muss?«

»Ja. Alle geraden Tage werden von nun an schwierig für Sie sein.«

»Warum von nun an? Was ist passiert?«

»Ich weiss es nicht, Herr General. Ich kann Ihnen nur sagen, was die Stimmen mir anvertrauen.«

»Das kommt alles nur von diesem verfluchten Grundstück! Ich hätte nie auf Saïd hören sollen!«

»Ich komme in einigen Wochen wieder, um zu sehen, ob sich etwas geändert hat.«

»Jaja, kommen Sie nur rasch wieder.«

General Athman begleitete die Seherin zur Tür und ging dann in den Garten, um mit Saïd zu telefonieren. »Wie läuft es bei dir, mein Lieber?«

»Gut, gut …«

»Und dein Sohn?«

»Geht so, er ruht sich aus. Der arme Kerl …«

»Ihr werdet das schon hinbekommen.«

»Ja, der Botschafter ist uns sehr behilflich. Wir werden dieses Missverständnis schnellstmöglich aus der Welt schaffen.«

»Wann kommst du zurück?«

»Wahrscheinlich morgen. Alles okay bei euch?«

»Ja, alles okay.«

»Bis morgen, mein Lieber.«

»Bis morgen.«

Der Anruf hatte General Saïd ziemlich verärgert. Er mochte es gar nicht, am Telefon über geschäftliche Dinge zu reden, und auch wenn er kaum etwas gesagt hatte, so bedauerte er doch, überhaupt geantwortet zu haben. Er kannte Athman gut und wusste, dass der wegen des Grundstücks in Panik war. Das war völlig unnötig. Saïd hatte kurz mit dem Direktor der Staatssicherheit telefoniert, bevor er den Flieger nach Paris genommen hatte. Alles käme ins Lot.

Die Sache mit seinem Sohn wäre wohl um einiges langwieriger, denn die Franzosen liessen sich gern bitten, aber auch da käme er schon noch zum Ziel.

General Saïds Sohn hatte auf dem Schwarzmarkt in Algier mehrere Tausend Euro gewechselt. Dann war er mit einem Koffer voll Geld nach Paris geflogen, um die

Summe auf sein Konto einzuzahlen, mit einer Bestätigung der algerischen Zentralbank, dass dieses Geld von einem regulären Girokonto stammte. Allerdings war darunter auch Falschgeld.

Man befand sich am Rand eines diplomatischen Zwischenfalls.

27

Nachdem er sich vergewissert hatte, dass sein Vater zu Bett gegangen war, schlich sich Jussef leise aus dem Haus. Ans Gartentor der alten Adila gelehnt, beobachtete er die Kids, die sich in ihrem Camp zur Nacht rüsteten. Er steckte sich eine Zigarette an. Gern wäre er rüber zu ihnen, aber er fühlte, dass sie sich sperren würden, wenn er auch nur einen Fuss auf den Platz setzte. Sie trauten den Grossen nicht mehr, und auch er war einer von den »Grossen«, ohne es so ganz zu sein.

Empfand sein Vater am Ende etwa genau das? Diese Frustration, diese Eifersucht? Selbst nicht Teil der Rebellion zu sein, es nicht fertiggebracht zu haben, sie zu lancieren, und nun feststellen zu müssen, dass es anderen, die viel jünger sind, gelingt? Versuchte sein Vater im Grunde nur, freilich ohne es sich einzugestehen, andere davon abzuhalten, sich in ein Abenteuer zu stürzen, von dem er und seine Generation nicht mal zu träumen gewagt hatten? Erst zu jung für den Befreiungskrieg, während der Unruhen vom Oktober 88 dann schon in der Armee, bereits zum Schulterschluss gegen die Demonstranten verpflichtet, dann wieder zu jung, um zu denen zu gehören, die als Nächste regierten, und heute definitiv zu alt. Sagte Mohamed tief in seinem Herzen nicht einfach nur: »Jetzt sind wir aber mal an der Reihe«?

Jussef blieb nicht sehr lange. Er wollte sich nur Gewissheit verschaffen, dass es seiner Schwester gutgeht. Nach einer Weile entdeckte er sie, eingerahmt von ihren beiden besten Freundinnen. Sie schlief, und beruhigt kehrte er heim.

Als er am nächsten Morgen in die Küche hinunterkam, bereitete seine Mutter gerade Baghrir zum Frühstück zu. Sein Vater war schon beim zweiten Kaffee und blätterte stirnrunzelnd in der Zeitung. Jussef bedachte beide mit strahlendem Lächeln und bediente sich.

»Die Crêpes sind super, Mama, vielen Dank.«

Mohamed kommentierte trocken: »Im Gefängnis wird man dir bestimmt keine Baghrir servieren.«

Jussef zuckte nur mit den Achseln und provozierte seinen Vater dadurch umso mehr.

»Sei nicht unverschämt!«

»Ich hab doch gar nichts gesagt.«

»Ruhe! Schweig still. Ich wünsche, dass du den Generälen schreibst und dich entschuldigst.«

»Das ist das Letzte, was ich tun würde.«

»Und ich sage dir, du schreibst diesen Brief. Ich habe schon einen Entwurf verfasst, er liegt auf dem Tisch im Wohnzimmer, den schreibst du sauber ab und unterzeichnest. Ich werde nicht zulassen, dass mein Sohn vor Gericht gezerrt wird.«

»Ich lehne es ab, mich bei denen zu entschuldigen. Die haben uns angegriffen. Es ist schon verrückt, dass du so ängstlich bist, du, der du deine Zeit damit zubringst …«

»Womit? Ich, der ich meine Zeit womit zubringe?

Mich um euch zu kümmern, euch zu ernähren, eure Rechnungen zu bezahlen?«

»Das hat damit nichts zu tun. Wir wollen den Bolzplatz behalten. Die Kids halten ihn besetzt, dagegen können die Generäle gar nichts tun. Früher oder später geben sie auf, und dann können sie ihre fetten Villen ja woanders hochziehen.«

»Oho, mein junger Sohn, der mir erklärt, wie Generäle sich verhalten werden.«

»So jung bin ich nun auch nicht mehr ...«

»Du und deine Freunde, ihr seid richtige Rotznasen! Ihr glaubt allen Ernstes, hochrangige Offiziere auf diese Art kleinzukriegen? Männer, die gegen Terroristen gekämpft haben? Die ganz Algerien in der hohlen Hand halten?«

»Wir sind keine Rotznasen, und deine zehnjährige Tochter macht mit bei der Besetzung!«

»Alles Rotznasen, sag ich! Sie genauso wie all die anderen da. Klein Doofi, der sich manipulieren lässt.«

»Manipulieren? Von wem denn, Papa? Das sind Kinder! Wer sollte denn so viele Kinder manipulieren können?«

»Du wirst schon sehen, die ganze Geschichte geht übel aus.«

Jussef zwang sich, nicht zu antworten. Er sah, dass seine Mutter mit den Tränen kämpfte, zog sich in sein Zimmer zurück und schaltete den Computer an. Alle Welt teilte im Netz die Videos vom Sit-in der Kids. Manche riefen dazu auf, sich ihnen anzuschliessen und die kleinen Brüder und Schwestern mitzunehmen, um den Trupp der

Dezemberkids zu verstärken. Sicher meldeten sich auch ein paar zu Wort, die das Ganze völlig unzulässig fanden, weil das Grundstück Eigentum der Generäle sei und die Besetzung durch die Kids illegal, aber kein Mensch schien diese Kommentare wirklich ernst zu nehmen.

Mohamed wiederum traf sich mit Scherif, der schon an der Strassenecke auf ihn wartete. Die beiden Männer begrüssten einander und trotteten eine Weile stumm vor sich hin. Jeder hing seinen Gedanken nach. Ohne sich abzusprechen, schlugen sie einen Bogen um den Bolzplatz und entfernten sich aus der Cité du 11-Décembre. Sie kamen am Festsaal neben der Einfahrt zur Siedlung vorbei, der früher mal »rosa Villa« hiess, bis er irgendwann einen neuen Farbanstrich erhielt. Im Obergeschoss war dort eine Zeitlang eine Schischabar untergebracht, in der sich Liebespaare in schummriger Atmosphäre trafen. Die Musik dröhnte bis tief in die Nacht, und aus der ganzen Gemeinde strömten junge Leute herbei, um zu flirten und zu tanzen. Einige der Bewohner der Cité du 11-Décembre, denen die Stimmung dort missfiel, intrigierten gegen das Lokal, attackierten die Gäste und nötigten den Inhaber zu schliessen.

Noch immer in ihre Gedanken vertieft, achteten Mohamed und Scherif nicht auf die Kids, die scharenweise von allen Seiten in Richtung Bolzplatz liefen.

Scherif sagte sich, dass seine Generation irgendwann beide Augen zugedrückt hatte, wenn es um kleine Arrangements unter Freunden ging, und sich von ihren Idealen längst verabschiedet hatte. ›Was habe ich selber denn gemacht, um zu kämpfen?‹, fragte er sich. ›Ich habe mit den anderen geredet. Habe an vergangene Zeiten erinnert. Und ab und zu Widerstand geleistet, zwar nur lauwarm, aber immerhin. Ich habe niemanden bestochen oder zumindest versucht, es nicht zu tun.‹ Mohamed für sein Teil sagte sich, ohne zu wagen, es offen einzugestehen: ›Ich habe doch nie an die Möglichkeit eines Regimewechsels geglaubt, glaube noch immer nicht dran. Und diese Kids, die regen mich rasend auf mit dem, was sie tun, weil sie unseren Platz einnehmen. Wir können aber nicht so kämpfen wie sie. Wir müssen mit Worten kämpfen, gewaltlos, wir brauchen die Wende in Form eines Regierungswechsels, nicht in Gestalt einer Konfrontation.‹

»Oh, Mohamed, mein Freund, wie wird das alles noch ausgehen? Ich habe wirklich Angst um die Kinder.«

»Ich auch, Scherif. Die Generäle werden nicht tatenlos zusehen, wie sie ihnen auf der Nase herumtanzen.«

»Nein, das werden sie nicht, aber diese Kids ebenso wenig! Sie sind tapfer und haben beschlossen, für eine wichtige Sache zu kämpfen. Das musst du zugeben, sie haben unsere Generation innerhalb weniger Tage ausgebootet. Wir sind diejenigen, die in Angst leben, nicht sie.«

»Hatten wir wirklich so viel Angst, oder ist es eher so, dass wir nur nie unsere Chance bekommen haben? Und ist das wirklich eine so wichtige Sache? Wofür kämpfen sie denn eigentlich? Dieses Gelände ist in ihren Augen doch weiter nichts als ein Spielplatz. Sie kämpfen weder für Freiheit noch für einen grundlegenden Systemwechsel, und wie könnten sie auch, es sind ja nur Kinder!«

»Ich weiss nicht, Mohamed. Sie kämpfen, um etwas zu bewahren, das ihnen gehört und das man ihnen auf eine Art und Weise weggenommen hat, die sie als unfair empfinden. Sie bekämpfen die Ungerechtigkeit, und das deckt sich mit dem, was du gesagt hast. Die Sache ist es wert, auch wenn der Anlass uns Erwachsenen lachhaft erscheint. Im Grunde ist uns dieser Bolzplatz doch völlig egal, für uns ändert sich nichts. Und wir denken, die Kids werden schon eine andere Beschäftigung finden, aber sie wollen einfach nicht nachgeben. Und dann, sieh mal, haben sie es doch tatsächlich fertiggebracht, Kinder aus der ganzen Gemeinde zusammenzutrommeln, von denen manche noch nie auf diesem Bolzplatz waren. Sie haben es fertiggebracht, zehnjährige Mädchen davon zu überzeugen, sich ihrem Kampf anzuschliessen, obwohl die meisten noch nie mit einem Fussball in Berührung waren. Weisst du übrigens, ich bin heute in aller Frühe am Platz vorbeigekommen und habe gesehen, wie ein paar Jungs den Mädchen das Torschiessen beibrachten.«

Mohamed war wütend, doch er versuchte, es nicht zu zeigen. Der Gedanke, dass eine von zehnjährigen Kids organisierte Revolte gerade mal so, direkt vor seiner Nase, stattfinden und dann auch noch glücken könnte, verbitterte ihn. Er hatte sein Leben in der Überzeugung verbracht, dass man nichts tun könne gegen das Regime, dass nur Männer von grosser geistiger Reife, Männer wie er, die das System gut kannten und nichts mehr zu verlieren hatten, es würden umstürzen können.

»Es wird ihnen nicht gelingen.«

»Ich würde gern glauben, dass sie es schaffen.«

»Nein, sie werden es nicht schaffen, ihren Bolzplatz zu behalten.«

»Du denkst, die Generäle werden Kontra geben?«

Mohamed nickte. »Aber natürlich, was glaubst du denn, Scherif? Also bitte, mein Lieber, sei mal nicht so naiv! Ein paar Rotznasen werden doch keine Generäle davon abhalten, zu tun, was ihnen gefällt. Die Kinder können Tag und Nacht Beleidigungen brüllen. Sie können Steine schmeissen. Sie können dort ihr Zeltlager errichten. Wenn die Generäle das Ganze abpfeifen, ist der Spass mit einem Schlag vorbei, und alles findet wieder seine Ordnung.«

»Aber sieh doch, heute sind sie nicht da.«

»Sie werden morgen da sein!«

»Vielleicht nicht ... Hast du gesehen, was dem Sohn von General Saïd passiert ist?«

»Die Geschichte mit dem Falschgeld?«

»Ja.«

»Wenn du mich fragst, ist in einer Woche alles vorbei. Der Sohn des Generals wird sich aus der Affäre ziehen, und am Ende entschuldigt man sich gar noch bei ihm. Und die Kinder kehren brav nach Hause zurück.«

»Mohamed, lieber Freund, du hast Angst. Angst, dass die Generäle nachgeben, dass das System zusammenbricht, aber dass dann am Ende weder du noch ich, dass einfach niemand von uns das Ruder übernimmt, sondern die folgende Generation, dass eine Bande von Kids, von Lausebengeln dort Erfolg hat, wo wir versagt haben. Wir dachten, sie seien nur zu dritt. Jetzt sind es schon hundert, und im Internet rufen alle dazu auf, sich ihnen anzuschliessen.«

»›Dort, wo wir versagt haben‹? Wir haben nicht versagt. Wer hat denn gegen die Terroristen gekämpft? Wer hat das Land aufgebaut? Wer unterrichtet heute die Studenten, die künftigen Generationen?«

Scherif brach in lautes Gelächter aus. »Du redest wie die, die den Unabhängigkeitskrieg geführt haben und sich nicht eingestehen wollen, dass es an der Zeit ist, das Steuer aus der Hand zu geben! Nun, ich sag doch nicht, dass wir gar nichts gemacht haben, aber vielleicht waren wir bloss das Bindeglied zwischen zwei bedeutenden Generationen, vielleicht waren wir lediglich Lückenbüsser, bis die nächste Generation so weit ist …«

»Oh, du deprimierst mich. Du wirst schon sehen. Wir müssen nur abwarten.«

Scherif lächelte. »Wer weiss? Vielleicht erleben wir ja eine Überraschung! Und wäre das dann wirklich so schlimm?«

28

Können einige Dutzend Kids gegen ein ganzes System rebellieren?

Die Geschichte ihrer Revolte machte binnen weniger Stunden die Runde durch das ganze Land. Die Einwohner Algiers kommentierten die Ereignisse mit freudigem Jubel. Da war kein Haus, kein Garten, kein Betrieb, in dem man nicht darüber sprach. Man äffte die Generäle nach, die sich von ein paar Blagen auf ihrem eigenen Grundstück angreifen liessen und unter einem Hagel von Steinen die Flucht antraten. Sogar in den Kasernen war es Tagesgespräch, die Soldaten bogen sich vor Lachen, erzählten sich die Geschichte ein ums andere Mal, schmückten die Szenen, die sie gar nicht miterlebt hatten, kräftig aus. Man erzählte sich die verrücktesten Geschichten: Die Kinder hätten die Generäle stundenlang an Bäume gefesselt, oder sie hätten den Chauffeur gekidnappt und hielten ihn als Geisel fest. Auf den Märkten, in den Strassen, allenthalben schallendes Gelächter. Die Euphorie wollte gar kein Ende nehmen. Das anfängliche Gespött war einer sanften Heiterkeit gewichen. Man grüsste einander fröhlich, auch wenn man sich gar nicht kannte. Man zwinkerte sich wortlos zu. Reden überflüssig. Man wusste Bescheid.

Schon tags darauf überquerte die Geschichte die Grenzen und verwandelte sich. Die Marokkaner erzählten einander, eine Bande von Kids habe von König Mohammed VI. ausgeschickte Emissäre davongejagt, in den Süden des Landes seien sie geflohen. Die gleiche Geschichte kursierte in Tunesien, nur waren es diesmal Minister und eine Gegend an der libyschen Grenze.

Kein Mensch dachte auch nur eine Sekunde, dass die Dezemberkids, wie man sie jetzt allgemein nannte, die Generäle wirklich besiegen könnten. Gegen den Staat kann man nicht gewinnen. Doch es hatte auch niemand Angst um sie. Was konnte ihnen schon passieren? Sie waren unberührbar. So kleine Kinder würde keine Polizei der Welt festnehmen.

Aus allen Ecken der Stadt strömten die kleinen Unterstützer herbei. Und wurden jedes Mal mit Hurra und Siegesgeschrei, mit begeistertem Zuruf begrüsst. In Gruppen von fünf, zehn, zwanzig Spielern, mit schmutzigen Knien, zerzaustem Haar und strahlendem Gesicht, bolzten sie die Bälle durch die Gegend. Egal wie! Wer Lust hatte zu kicken, schloss sich irgendeiner Mannschaft an! Die Bälle flogen und sprangen in alle Richtungen. Es galt, zu spielen, zu trainieren, Tore zu schiessen, Teams zu bilden und denen, die keine Ahnung hatten, die Spielregeln beizubringen. Ständig mussten die Bälle in Bewegung sein, wild durcheinanderfliegen, aufprallen und herumwirbeln, um die Generäle zu besiegen, sie davon abzubringen, zu glauben, dass dieses Grundstück etwas anderes als ein Bolzplatz war.

Es bildeten sich Fahrgemeinschaften von den entlegensten Vororten Algiers zum Bolzplatz von Dely Brahim. Die Erwachsenen betraten das Gelände noch immer nicht. Sie begnügten sich damit, am Rand dieser anderthalb Hektar Platz zu nehmen. Sogar steinalte Mütterchen waren dabei, die, man wusste nicht, wie, den Weg in die Siedlung gefunden hatten. Sie hatten Klappstühle dabei und liessen sich häuslich nieder. Dort verbrachten sie dann den Tag. Es war ein munteres Durcheinander. Man sang Lieder, verzehrte den mitgebrachten Proviant und schaute den Kids beim Kicken zu. Eine Gruppe Musiker improvisierte ein Konzert, und alle waren glücklich. Auch der Sohn des Metzgers verbrachte seine Tage dort, zum Leidwesen seines Vaters.

Die Dezemberkids merkten sehr schnell, wie interessant das für sie war. Sie baten die Erwachsenen, Lebensmittel und Steine mitzubringen, die sie auf dem Gelände horteten.

Auch Munira, die Putzfrau, die für Dschamils Familie arbeitete, kam regelmässig vorbei, um nach den Kindern zu sehen. Und jedes Mal warf sich Dschamil in ihre Arme. Munira war in einem der von Pouillon konzipierten Billigwohnkomplexe Algiers zur Welt gekommen und aufgewachsen. Sie lebte mit ihrer Mutter und ihren drei Schwestern in einer feuchten, schlecht isolierten Wohnung mit rissigen Wänden. Als kleines Mädchen spielte sie draussen in sauberen, aber verblichenen Kleidern, die ihre Mutter auf dem Klamottenmarkt erstand. Sie war noch auf dem Gymnasium, als ihr Vater starb, und musste sich ganz jung eine Arbeit suchen, um ihrer Mutter zu helfen, über die Runden zu kommen. Sie fand bei mehreren Familien in Dely Brahim Anstellung als Haushaltshilfe und musste, um mit dem Bus dorthin zu kommen, dreimal umsteigen. Am liebsten war sie bei Dschamils Familie, weil sie ganz vernarrt in den Kleinen war.

Munira brachte den Kindern körbeweise leckere Gerichte, die sie extra für sie kochte. Beim ersten Mal hatte Dschamil noch gefragt: »Schickt meine Oma dich?«

»Nein, nein … und es ist auch besser, wenn sie nichts davon erfährt.«

Dschamil lächelte ihr zu. Sie winkte ihm kurz zu und verschwand.

Wenn die Erwachsenen wieder fort waren, gab es bei den Kids lange Abende. Sie erzählten sich Gespenstergeschichten. Sie diskutierten über die Fussballmatchs vom Tage, und dann schliefen sie ein, den Kopf voller Bilder. Manchmal gesellte die Verrückte mit dem hennaroten Haar sich zu ihnen und schlief mit ihnen auf der nackten Erde.

Und in stockdunkler Nacht schlichen immer wieder Eltern um den Platz und wachten lautlos, von ferne über ihre Kinder. Und die Kids träumten im Halbschlaf von Fussbällen, Tornetzen und Steinen, die es auf die Generäle hagelte. Sie hörten, wie man ihnen Beifall klatschte, und malten sich ihre Siege aus.

29

»General Athman, Sie wissen doch, dass Sie mich nicht zweimal im selben Monat rufen können …«

»Ja, schon, aber …«

»Und trotzdem haben Sie mir Ihren Chauffeur geschickt, und ich konnte nicht anders, als bei Ihnen zu erscheinen, aber so funktioniert das nicht mit meiner Gabe.«

General Athman flehte die Seherin an: »Ich bitte Sie, es muss doch möglich sein, irgendetwas zu tun, oder? Mein Freund Saïd ist noch immer nicht aus Paris zurück, und dieses verdammte Grundstück bringt mich um den Schlaf. Habe ich recht daran getan, es zu kaufen? Was soll ich tun? Wie komme ich da raus? Steht der Direktor der Staatssicherheit auf meiner Seite, oder macht er sich die ganze Geschichte zunutze, um mich zu übervorteilen?«

»Gut, wir werden eine Notkonsultation durchführen. Ich werde für Sie die Karten legen. Achten Sie bitte darauf, dass uns niemand stört.«

Athman seufzte erleichtert auf und verriegelte eilends die Tür. Die Seherin zupfte ihren Kopfschleier zurecht und fing an, die Karten bedachtsam auf dem Schreibtisch auszubreiten.

»Sie werden von einer Person getrennt werden, die Sie sehr lieben. Sehen Sie diese Karte hier? Trennung. Kein Zweifel. Es wird nicht schmerzlich für Sie sein, kein Todesfall, auch kein Unfall, aber es geht jemand fort. Das werden Sie akzeptieren müssen. Ach, interessant. Sehen Sie hier? Nein? Die rote Frau, sie ist noch immer da. Sie wird niemals weggehen. Ich sehe, wie sie beständig um Sie herumstreicht, in jeder Phase Ihres Lebens. Sie werden sie einfach nicht los. Hm … das ist merkwürdig … aber ja, in der Tat, sie wird die Letzte sein, die Sie zu Gesicht bekommen, bevor Sie sterben.«

»Sterben? Ich werde sterben?«

»Nein, nicht sofort, keine Bange … Ihre Lebenslinie ist noch lang, aber diese rote Frau wird Sie bis an Ihr Ende verfolgen. Eine andere Karte. Gut. Sie haben eine Nadel im Rücken. Ist das die Geschichte mit dem Grundstück? Gut. Sie haben alles Nötige veranlasst, das kann ich sehen. Sie sollten die Nadel jetzt herausreissen, bevor sie ihr Gift in Ihren Körper abgibt.«

»Soll das heissen, ich sollte die Kids jetzt verscheuchen? Saïd und der Sicherheitschef raten mir, vorläufig nichts zu tun …«

»Die Nadel sitzt fest in Ihrem Rücken. Sie müssen handeln, bevor sie Sie definitiv lähmt. Die letzte Karte. Ein Gewitter. Achten Sie auf den Himmel und auf die Explosion. Mehr sehe ich nicht.«

»Ich danke Ihnen sehr.«

General Athman zog ein ganzes Bündel Scheine aus der Tasche und hielt sie der Seherin hin. Diese tat erst so, als lehne sie ab, aber dann nahm sie sie doch. Ihre Augen leuchteten.

»Mein Chauffeur wird Sie nach Hause bringen. Nochmals vielen Dank!«

30

Ganz Algerien ist in Aufruhr. Man sucht nach weiteren Brachen, die man besetzen könnte. Jugendliche wie Erwachsene füttern die sozialen Medien pausenlos mit neuen Informationen. Der Direktor der Staatssicherheit ist überlastet. Seine Agenten überfordert. Es fehlt ihnen die Zeit, sämtliche Facebook-Konten zu kontrollieren. Kurz erwägt man, das Internet für ein paar Stunden abzuschalten, damit die Agenten nachkommen können. Aber man erwägt es nur, denn bisher haben die Algerier noch jedes Mal, wenn das geschah, überaus heftig reagiert.

Ein paar Kids proben den Aufstand, und im Nu ist das ganze System gestört. Wenn schon Kinder die Pläne zweier Generäle, die zu den mächtigsten im ganzen Land gehören, aushebeln können, warum wären dann Erwachsene nicht in der Lage, ein ganzes Regime zu stürzen? Der Sicherheitschef ist überzeugt, wenn man nicht schleunigst reagiert, erhebt sich das ganze Land wie ein Mann.

Und natürlich berichten die Medien über das Ereignis. Von allen Seiten schlägt den Dezemberkids nur Sympathie entgegen. Ein Journalist schreibt: »Unsere Kinder haben eine phantastische Revolution angestossen! Werden wir Grossen an diese grandiosen Kids je heranreichen?« In den sozialen Medien kursiert eine Petition: »Rettet den Bolzplatz von Dely Brahim!«

Adila schaut regelmässig nach den Kindern. Sie ist die Einzige, die das Gelände zu betreten wagt, und spricht ihnen Mut zu: »Ihr seid die Zukunft dieses Landes! Ich bin sehr stolz auf euch. Lasst nicht locker, gebt nicht nach! Ihr habt meine Unterstützung!«

Sehr alte Herren schauen zu Tränen gerührt den Kids beim Kicken zu. Die Jugendlichen applaudieren und schreien: »One, two, three, viva l'Algérie!« Die Frauen brechen immer wieder in gellende Jubeltriller aus, zum Leidwesen der Kids, die dann zusammenzucken und mehr als eine Torchance vergeben.

Von morgens bis abends wird Fussball gespielt. Man hat das Terrain unterteilt, eine Freifläche für die Turniere, eine andere für die Lebensmittel, für die Steine und zum Schlafen. Mittlerweile sind es so viele Kids, dass sie aufpassen müssen, nicht von den überall herumfliegenden Bällen getroffen zu werden.

Vom Balkon ihres Wohnzimmers aus beobachtet Jasmin ihre Tochter. Die immer fröhlich wirkt, immer einen Ball am Fuss hat.

Täglich zur Mittagszeit fährt in Dely Brahim ein Lieferwagen vor, um Sandwiches, Kekse, Wasserflaschen und Obst zu verteilen. Ein grosser algerischer Geschäftsmann hat offenbar dafür gesorgt, dass die Kids jeden Tag genug zu essen haben.

An einem Freitag hat der Sicherheitschef einen Imam losgeschickt, mit dem Auftrag, die Kinder zur Vernunft zu bringen. Sein Haar ist schwarz gefärbt, und das sieht man. Sein Bart ist lang, scheint aber eingeölt zu sein, um glatter zu wirken. Er hat eine grosse, hässliche Beule auf der Stirn. Er zögert, bevor er das Gelände betritt, tastet mit der Schuhspitze den Boden ab, ob der auch trocken ist. Die Kinder erstarren.

Der Imam ruft ihnen zu: »Meine Kinder, wir müssen reden über das, was ihr da tut. Ich bin sicher, dass ihr nichts dafür könnt und andere, Ältere, deren Seele verdorben ist, euch dazu gebracht haben, dass ihr gegen die bestehende Ordnung rebelliert und hier wie die Tiere lebt, auf diesem Boden, der euch nicht gehört. Wisset, dass Gott …«

Weiter kommt er nicht, da wird er von den Kids schon mit Steinen beworfen. Er ergreift die Flucht, verfängt sich aber mit den Füssen in seiner Gandura, stolpert und schlägt mit dem Gesicht nach unten der Länge nach hin. Ein gewaltiges Gelächter begleitet ihn, während er sich hochrappelt.

31

Nach dem Imam versuchte als Nächstes ein Parteivorsitzender, sich den Kindern zu nähern. Ein siebzigjähriger ehemaliger Diplomat, der eines Morgens in seiner dicken Limousine anrollte, sekundiert von seinem Wahlkampfleiter. Kaum hatte er den Wagen geparkt, packte ihn die Verrückte mit dem hennaroten Haar schon am Ärmel und legte los: »Wie kommt es, dass ein Huhn, dem man den Kopf abhackt, noch immer herumläuft und gackert? Na, wie kann das sein?«

Der Wahlkampfleiter versuchte, sie wegzuschieben, aber sie krallte sich am Ärmel des einstigen Diplomaten fest. »Wie blöd so ein Huhn sein kann! Man reisst ihm den Kopf ab, und es glaubt noch immer, es könne den anderen was vormachen!«

Verlegen lächelnd befreite der Mann seinen Arm aus ihrer Umklammerung. Er grüsste die rings um den Platz versammelte Menge, als wäre er auf Wahlkampftour, doch kaum einer kannte ihn, und sein Erscheinen versetzte viele in Wut.

Erst wollte er sich zusammen mit einer Gruppe von Musikstudenten, die in einer Kapelle spielten, fotografieren lassen, aber die Musiker hielten sich die Instrumente vors Gesicht.

Dann ging er auf den Platz zu. Die Kinder sammelten

vorsorglich Steine auf und stellten sich kampfbereit ihm gegenüber auf.

Doch er liess sich nicht aus der Ruhe bringen und begrüsste sie mit herzlichem Lächeln. »Hallo, Kinder, ich bin ein grosser Bewunderer eurer Bewegung. Ich will auch gegen diese Generäle protestieren, die euch euren Bolzplatz wegnehmen wollen. Ich kämpfe selber gegen das Regime!«

Misstrauisch fragte ihn Mahdi: »Und was wollen Sie von uns?«

»Kann ich zu euch auf den Platz kommen und mit euch reden? Mein Freund hier, der mich begleitet, wird ein paar Fotos machen. Die verbreiten wir dann überall, wir werden einen Mordsmedienrummel veranstalten, ihr werdet schon sehen, und am Ende werdet ihr noch berühmt!«

Die Kinder erwiderten im Chor: »Nein, danke!«

»Wie das, ›nein, danke‹?«

Ines erklärte es ihm: »Es interessiert uns nicht, fertig. Wir wollen Sie hier nicht auf unserem Platz. Sie sollten jetzt besser gehen.«

Erbost tat der ehemalige Diplomat ein paar Schritte auf sie zu, während er seinem Wahlkampfleiter zumurmelte: »Das wäre ja noch schöner, wenn so ein paar Kids mir jetzt sagen würden, was ich tun und lassen darf.«

Und schon hagelte es Steine auf sie, begleitet von den Schreien der Kids:

»Haut ab!«

»Wir wollen euch hier nicht!«

»Wir kennen euch gar nicht!«

»Ihr seid alle gleich!«

Die Musikkapelle legte los. Saxophon, Trompete, Trommel und Schlagzeug spielten zum Abmarsch der beiden Männer, und alle hatten ihre helle Freude, die Kids, die lange Beifall klatschten, und die alten Damen, die ihre Röcke rafften und tanzten.

32

Ines wacht als Erste auf, als sie die Schreie hört. »Feuer! Feuer!«, brüllt die Verrückte mit dem roten Haar, während sie an alle Haustüren trommelt. Ines schreit ihrerseits los und weckt die anderen Kinder auf, die im Nu aus ihren Decken und Schlafsäcken schlüpfen und sich in Grüppchen zusammenfinden.

Die bisher pechschwarze Märznacht wird vom Licht der Flammen erhellt, die wie kleine orangerote Teufelchen auf dem Gelände zu tanzen scheinen und die Kinder einkreisen. Von Minute zu Minute wird die Luft dicker. Die Kinder husten, krümmen sich zusammen, ihre Augen tränen. Sie können hören, wie die Erwachsenen rufend herbeigelaufen kommen. Sie sind nur ein paar Meter entfernt, aber bei dem ganzen Rauch, der immer dichter wird, der sie fast blind macht, sie auf dem Gelände gefangen hält, kommt es ihnen viel weiter vor.

Adila und Jasmin stürzen aus dem Haus. Letztere mit dem Telefon am Ohr, darauf wartend, dass die Feuerwehr sich meldet.

Die Allerkleinsten schreien, die Grösseren versuchen, sie zu schützen, pressen sie an sich, aber alle haben sie Mühe zu atmen. Manche Kinder, die versuchen, vor den Flammen davonzulaufen, stolpern über andere Kinder, die sich an allem, was sie finden, festhalten, um nicht hinzufallen, ihrerseits dabei Freunde umwerfen, die versuchen, so gut sie können, zu helfen.

Adila ist als Erste auf dem Gelände. Und sofort bei den Kindern, ohne sich um die Flammen oder den Brandgeruch zu kümmern, der sich im Nu in ihrem Haar festsetzt. Sie sammelt die Kinder auf, und Jasmin, Mohamed, Scherif, Jussef und andere, die angerannt kommen, helfen ihr. Die Erwachsenen machen den Kleinen Mut: »Kommt mit uns, habt keine Angst, das ist nur ein kleines Feuer!« Sie ziehen sie weit von den Flammen weg, laufen ständig hin und her, um alle da herauszuholen.

Naïm, Mahdis Vater, kommt in seinem Rollstuhl aufs Gelände gefahren, mit einem Schal vorm Gesicht, und durchquert ebenfalls das Feuer. Seine Frau schreit: »Tu das nicht! Mahdi ist hier, er ist in Sicherheit, setz nicht dein Leben aufs Spiel, wir kennen diese Kinder doch gar nicht!« Mahdi schämt sich für seine Mutter und geht auf Abstand zu ihr.

Der Rauch wird immer dichter. Das Feuer verschlingt alles, was es findet: die alten Decken, die Zelte, die Müllsäcke, die Fussbälle. Und die Feuerwehrleute sind noch immer nicht da. Adila setzt Naïm ein ganz kleines Kind auf den Schoss. Das Kleine klammert sich schutzsuchend an ihn. Die Verrückte mit dem roten Haar brüllt noch immer, hält sich dabei den Kopf. Die Eltern sammeln Kinder ein, eigene Kinder, Kinder anderer Leute, und halten sie fest im Arm.

Man hat kein Zeitgefühl mehr. Nur ein paar Minuten sind vergangen, aber Adila hat den Eindruck, dass sie seit Stunden in diesem flammenden Inferno ist. Und es wird immer schwieriger zu atmen, und durch den Rauch sieht sie kaum noch etwas. Sie kann die Dinge, die Leute nicht mehr erkennen. Es ist die Hölle oder zumindest nah dran. Die Kinder krümmen sich vor Husten. Da ruft jemand, eine Männerstimme, die keiner erkennt: »Achtung, da schiesst wer mit einer Pistole!«

Und wieder Panik.

33

Endlich sind die Feuerwehrleute da. Sie löschen den Brand und bringen Adila ins Krankenhaus. Jasmin begleitet sie. Die Gendarmen sind auch gekommen, bleiben aber nicht lange. Darunter auch der, der Jussef verhört hatte, neben ihm sein Chef, der feststellt: »Sieht nach einem Unfall aus.«

Der Gendarm, verwundert: »Keine Untersuchung der Brandstelle, Chef?«

»Was willst du denn untersuchen? Das ist ein Stück Brachland mit lauter Bälgern drauf. Von denen wird einer wohl mit einem Feuerzeug gespielt haben, und schon hast du die Bescherung …«

»Das Feuer war aber ziemlich eindrucksvoll, oder? Soll ich denn nicht mal nachsehen gehen, wo es ausgebrochen ist?«

»Bist du Feuerwehrmann oder Gendarm?«

»Genau genommen beides, Chef, in Constantine war ich bei der freiwilligen Feuerwehr und …«

»Und basta. Wir ziehen ab, und du schreibst in deinem Bericht: ›Unfall auf einem Stück Brachland, verursacht durch Kinder mit Feuerzeugen‹.«

Der Gendarm zögert, doch er sagt nichts und zieht mit seinem Vorgesetzten unter dem vorwurfsvollen Blick der Kids wieder ab.

Einige Mädchen schauen weinend auf den nun völlig überschwemmten Platz. Ein achtjähriger kleiner Junge steht unter Schock, er ist wie erstarrt, ausserstande, auf die Fragen des Sanitäters zu antworten. Fast alle haben russverschmierte Gesichter, Verletzungen an den Armen, einige oberflächliche Verbrennungen an den Beinen.

Dschamil, auf dessen Bein Blut glänzt, weigert sich zu gehen. Er hält Ines' Hand fest. Die Kleine presst seine mit aller Kraft. Auch Mahdi ist da. Seine Eltern sind beide gegangen, wütend aufeinander, und haben ihren Sohn am Rand des Platzes zurückgelassen. Er hatte sich geweigert mitzukommen.

Die drei Kinder beratschlagen sich, ein wenig abseits von den Erwachsenen, die besorgt zu ihnen herüberblicken.

Dschamil fragt die beiden anderen: »Was machen wir jetzt?«

Mohamed mischt sich ein: »Kinder, ihr müsst jetzt mal nach Hause und euch ausruhen. Es ist ein Wunder, dass es keine Schwerverletzten und keine Toten gibt. Geht nach Hause, und schlaft euch aus, das Gelände wird sich nicht in Luft auflösen.«

Ines schüttelt den Kopf. »Wir können hier nicht weg. Wir dürfen den Platz nicht aufgeben.«

Mahdi pflichtet ihr bei: »In einer Nacht hat ein Feuer alles verwüstet. In einer Nacht kann man alles verlieren.«

Mohamed versucht es weiter: »Bis morgen sind es nur ein paar Stunden, bis dahin wird nichts passieren.«

Ines sieht das anders: »Wie wollen Sie das wissen?«

Niemand antwortet. Schliesslich kommt Dschamils Grossmutter näher und sagt: »Meine Kleinen, ihr wart tapfer, aber ihr seht doch selber, dass ihr nicht hierbleiben könnt. Die Feuerwehr hat den Platz unter Wasser gesetzt, ihr seid erschöpft und vielleicht sogar krank vom ganzen Rauch. Die anderen Kinder sind alle schon nach Hause gegangen, nur ihr drei seid noch übrig. Geht jetzt auch nach Hause. Wir bleiben hier und bewachen den Platz, keiner wird sich nähern. Morgen, wenn ihr wiederkommt, findet ihr uns hier. Wir sind älter als ihr, gewiss, aber wir können schon noch auf einen Platz aufpassen.«

Die drei Kids sehen sich an, zögern ein paar Sekunden. Sie sind erschöpft, träumen von einem Bett, frischen Laken, einer Bettdecke. Von Stille. Sie werfen sich fragende Blicke zu.

Dschamil hält Ines noch immer bei der Hand, als sie schliesslich antwortet: »Danke, Madame, aber das ist nicht nötig. Wir bleiben hier. Wir haben keine Angst vor dem Schlamm, wir sind es gewohnt, damit zu leben.«

Und die beiden Jungs nicken bestätigend und lächeln.

Das Ende

Wir haben kaum geschlafen. Zwei oder drei Stunden, wenn es hoch kommt. Obwohl wir echt geschafft waren. Wir haben uns auf den durchnässten Schlafsäcken ausgestreckt, uns aneinandergekuschelt und sind weggesackt. Geträumt hat keiner von uns auch nur das Geringste, wie auch, wir hatten in den letzten Tagen ja alles schon durchlebt, Traum und Albtraum.

Aufgewacht sind wir gleichzeitig, wegen des Lärms der Bulldozer auf dem Platz. Um uns herum standen Arbeiter mit Spitzhacken und Schaufeln. Die Erwachsenen waren nicht weit weg. Es war ein schönes Morgenlicht, wie nur der Frühling es hinbekommt. Die Arbeiter haben uns zugelächelt, ein bisschen traurig. Niemand hat von uns verlangt zu gehen, aber um uns herum fingen sie an, den Platz aufzureissen, ihn für die fetten Villen herzurichten. Auf der Strasse stand eine schwarze Limousine, an den Wagenschlägen lehnten die zwei Generäle. Sie haben uns zugewinkt.

Wir haben geweint. Vor Wut, nicht vor Traurigkeit. Auf diesem Platz, umringt von den Arbeitern, haben wir geweint. Wir haben die Fäuste geballt. Wir haben den Kopf gesenkt, damit die Generäle nicht unsere Tränen sahen.

Die Erwachsenen haben so getan, als merkten sie nichts. Ein Lkw hat heissen Teer über allen Holperstrassen der Cité du 11-Décembre ausgegossen. Man nahm den Geruch noch vom Platz aus wahr. Man sah ihn, wie er auseinanderfloss, der schwarze Teer, und an der Sonne glänzte, als wären Tausende von funkelnden Pailletten drin.

Uns gegenüber die Maschinen und die Männer. Kids sind wir keine mehr. Aber wir werden nie so wie die Grossen sein. Wir bleiben hier, wir weigern uns, uns vorzustellen, dass in ein paar Monaten fette Villen mit vergitterten Fenstern und gepanzerten Türen, umgeben von Mauern mit Stacheldraht, unseren Bolzplatz verdrängen werden.

Wir gehen nicht von hier weg.

Aus diesem Frühling wird nie eine Anekdote, über die wir später lachen werden.

Wir werden nie vergessen, wie feige die Grossen sind.

Wir werden uns nicht von der Weissen Stadt verschlingen lassen.

Wir werden unseren Bolzplatz niemals diesen Männern überlassen.

Wir werden Backstein um Backstein wieder herausreissen und geben den Platz den Kids zurück, denen er in Wahrheit gehört.

Unsere Füsse versinken im Schlamm.

Wir rühren uns nicht von hier weg.

Ines, Dschamil und Mahdi.

Nachwort

»Ein paar Kids proben den Aufstand, und im Nu ist das ganze System gestört«

You know it's time for change
when children act like leaders
and leaders act like children.

Der Wind der Freiheit
»Adimi bringt frischen Wind, den Wind der Freiheit. Das tut unglaublich gut!«, jubelt der Pariser *Figaro* schon 2015, als Kaouther Adimis zweiter Roman erscheint, *Steine in meiner Hand* (deutsch 2017).

Vier Jahre später, im neuen Roman, den *Dezemberkids,* weht dieser Wind noch viel frischer, werden die Steine nicht mehr in den Jackentaschen einer postpubertärdepressiven Protagonistin versenkt, sondern von einer Schar keck rebellierender Mädels und Jungs gegen zwei Generäle geschleudert, Repräsentanten eines ganzen Systems: des korrupten Regimes der Ewiggestrigen im postkolonialen Algerien.

Ein System, mit dem Kaouther Adimi, Shootingstar unter den jungen Autorinnen Algeriens, die mit *Dezemberkids* bereits ihren vierten Roman vorlegt, bestens vertraut ist. 1986 in Algier geboren, reflektiert sie Roman um Roman Lifestyle und Lebensgefühl der heutigen algerischen Jugend, von *L'Envers des autres* (2010/11) über *Des pierres dans ma poche* (2015) und *Nos richesses* (2017) bis hin zu *Les petits de Décembre* (2019).

Revoltierende Kids?

Tatsächlich liegt das Sujet in der Luft: 2019 ist das Jahr der weltweiten Klimabewegung *Fridays for Future.* Ist aber auch das Jahr des friedlichen algerischen Jugendprotests, des *Hirak* (»Bewegung«): jener algerischen Variante der *Fridays for Future,* die sich für politischen Klimawandel starkmacht, für einen radikal demokratischen Neubeginn Algeriens: »Sie sind viele, und sie sind laut«, kommentiert der algerische Schriftsteller Arezki Metref nach zehn Monaten *Hirak.*[1]

Algerische Fridays for Future

Die elfjährige Ines also eine algerische Greta Thunberg?

Tatsächlich hat Kaouther Adimi ihr Manuskript schon beendet, als die globalen, aber auch die spezifisch algerischen *Fridays for Future* überhaupt erst an Fahrt aufnahmen:

Erstmals am Freitag, dem 22. Februar 2019, ging Algeriens Jugend auf die Strasse. Aus Protest gegen eine drohende fünfte Amtszeit des greisen Präsidenten Bouteflika, der ab 2013, nach einem schweren Schlaganfall, zur Marionette eines undurchsichtigen Machtapparats geworden war. Seit zwanzig Jahren war Bouteflika nun schon Staatspräsident, nach nur acht Wochen Freitagsprotesten trat er zurück. Doch Woche für Woche, Freitag für Freitag wurde weiter demonstriert. Man zählt gegenwärtig das Jahr II des *Hirak,* der algerischen »Revolution des Lächelns«. Corona bremste den pazifistischen Dauerprotest allerdings aus, der verstärkt auf Social Media umstieg und vom Regime momentan stark geknebelt wird.[2]

Fürs Erste ist es also ein Etappensieg: Der Bouteflika-Clan ist weg vom Fenster, doch Repräsentanten des alten Regimes rückten nach, die das ungeliebte Bündnis zwischen Armee und FLN perpetuieren: ein hoher Militär, der stellvertretende Verteidigungsminister General Ahmed Gaïd Salah (1940–2019), als starker Mann der Interimszeit; ein ehemaliger Freiheitskämpfer und FLN-Mitglied der ersten Stunde, Abdelmadjid Tebboune (*1945), als neuer, sich »unabhängig« gebender Präsident – seit Dezember 2019 im Amt. Eine echte Wende ist das nicht.

Verwelkte sozialistische Blütenträume

Schon seit 1962, dem Beginn der Unabhängigkeit, hat die Allianz aus FLN und Armee Algerien fest im Griff. Regiert eine Nomenklatura das Land, deren Nepotismus, Machtgier und Inkompetenz den jungen Staat an den Rand des Ruins treiben. Stichworte: gescheiterte Agrarrevolution und forcierte Industrialisierungspolitik, massive Landflucht und Verelendung der Städte, kulturelle Verödung und schleichende islamistische Indoktrinierung im Gefolge der politischen Diktatur. Das Ganze vor dem Hintergrund eines explosiven Wachstums der Bevölkerung, die von knapp 12 Millionen im Jahr 1962 auf rund 25 Millionen im Jahr 1988 ansteigt.

Da waren die sozialistischen Blütenträume längst ausgeträumt, fern die Aufbruchstimmung der 1960er und

1970er, in denen Algier, unter Ahmed Ben Bella (1962–1965) und Houari Boumediene (1965–1978), als das »Mekka der Revolutionäre« galt.

Im Oktober 1988 läuft das Fass über, entladen sich Frust und Zorn der algerischen Jugend, die keine Jobs, keine Wohnung, keine Perspektive hat, in dem, was die Algerier ihren Arabischen Frühling nennen: Streiks und Revolten in zahlreichen Städten im Land. Obwohl die Armee Panzer auffährt und die Rebellion blutig niederschlägt, geht daraus – unter der Präsidentschaft Chadli Bendjedids (1979–1992), in einem Algerien, das in Adilas Tagebuch als »seltsames Zwitterding, halb mafiöses Regime, halb lächerliche Diktatur« aufscheint – eine neue Verfassung hervor. In dieser ist der Begriff »Sozialismus« gestrichen, werden Parteienpluralismus und Meinungsfreiheit festgeschrieben.

Zeitungen werden gegründet, Frauenvereinigungen ins Leben gerufen, Parteien zugelassen. Darunter auch der Front Islamique du Salut (FIS), die Islamische Heilsfront, die bei den ersten freien Wahlen Algeriens, den Kommunalwahlen vom 12. Juni 1990, gleich mit 54 Prozent der Stimmen in 953 von 1539 Rathäusern und 32 von 48 Wilayas (Provinzen) einzieht und bei den Parlamentswahlen vom 26. Dezember 1991 dann erdrutschgleich siegt.

Das Schwarze Jahrzehnt

Der Rest ist bekannt, ist traurige Zeitgeschichte, von der heutigen Regierung als *»tragédie nationale«* bemäntelt: Annullation des zweiten Wahlgangs, der den Islamisten die absolute Mehrheit und den Algeriern und Algerierinnen einen Gottesstaat iranischer Prägung beschert hätte, Staatsstreich der Armee, Rückzug des bewaffneten Flügels der Islamisten in den Maquis, seiner politischen Führer ins Ausland.

Und dann die *décennie noire* (1991–2002), das Schreckensjahrzehnt: Terror und Repression in beiden Lagern, Attentate und Massaker, Dörfer werden ausradiert, Intellektuelle und Andersdenkende eliminiert, Polizisten ermordet, Frauen verschleppt, Bomben explodieren auf Schritt und Tritt, wer irgend kann, emigriert oder duckt sich weg …

Somit kein Wunder, dass der Arabische Frühling, der im Dezember 2010 im Nachbarland Tunesien seine Initialzündung hat, bei den mittlerweile 36 Millionen Algeriern nicht verfängt. Noch sitzt ihnen das Schwarze Jahrzehnt in den Knochen, mit seinen Hunderttausenden von Toten, Verschwundenen, Exilierten, Traumatisierten. Und das umso mehr, als die im Jahr 2005 von Bouteflika erlassene, 2017 bestätigte Generalamnestie jegliche Aufarbeitung verhindert, der zeitgleich in Kraft getretenen *Charta für Frieden und nationale Aussöhnung* zum Hohn.

Doch es gärt und rumort im Volk. Unterschwellig. Und mitunter auch offen: *Barakat!* (»Es reicht!«) Unter diesem Slogan finden 2014 massive Proteste gegen Bouteflikas Kandidatur für ein viertes Mandat statt, schickt der algerische YouTuber Anes Tina, der drei Millionen Follower hat, Bouteflika in seinem launigen Rapsong *Message au Président*[3] aufs Altenteil, verspotten Blogger »Bouteflikas Bananenrepublik«.

Pressenotiz: Schlägerei zwischen Jugendlichen und Offizieren

Zu dieser Stimmung passt eine Meldung, die im Februar 2016 kurz Aufsehen erregt, von einer Schlägerei zwischen jungen Leuten und hohen Offizieren in einem Stadtteil von Dely Brahim, einem Vorort westlich von Algier.

Kaouther Adimi, die seit 2009 in Paris lebt, zu jener Zeit aber wieder im Lande ist, hört davon und greift die Story auf: »Die Offiziere hatten den Bolzplatz der Cité du 11-Décembre-1960 gekauft und wollten dort ihre Villen bauen. Als Echo darauf habe ich mir eine Geschichte ausgedacht: eine Revolte, die von drei Personen angeführt wird, zwei Jungen, Dschamil und Mahdi, und einem Mädchen, Ines.«[4]

Das einstige Fussballfeld ist bis heute (2020) Profilfoto der Facebook-Seite besagter Cité, zwei Videos von 2016 verdeutlichen die Empörung der Anlieger, zeigen eine Versammlung von Kids und das Anrücken der Baumaschinen nach de facto acht Monate langem Protest …[5]

Vor dem Hintergrund dieses Rohmaterials beeindruckt umso mehr, was Kaouther Adimi, bei der das Fussballfeld zur Metapher für Algerien wird, aus diesem Plot gemacht hat.

Abriss algerischer Zeitgeschichte

»Wie ein Fussballspiel« habe sie den Roman konstruiert, erklärt Adimi,[6] doch man könnte auch sagen, wie ein Kammerspiel. Denn um die Kernszene des Sit-ins auf dem Feld herum wuchert eine Polyphonie der Stimmen: Supporter, Kommentatoren, Kritiker des Spiels … Ein Kunstgriff, der es der Autorin erlaubt, den Fokus stets auf dem Aufstand der Kinder gegen die Generäle zu halten, nebenher aber völlig unangestrengt die algerische Geschichte der letzten sechsundsechzig Jahre aufzurollen, von den Anfängen des Befreiungskriegs bis in unsere Tage: Gleich Hänsels und Gretels weissen Kieselsteinen weisen eingestreute Tagebuchfragmente, Selbstgespräche und Dialoge, mitunter auch die Stimme der allwissenden Erzählerin den Weg durch den Dschungel algerischer Zeitgeschichte. Und die Ortsnamen tun ein Übriges, markieren Anfang und Ende des französischen Kolonialregimes.

Während der Stadtteilname Cité du 11-Décembre-1960 auf die landesweiten Proteste anlässlich eines De-Gaulle-Besuchs und das nahe Ende von über 130 Jahren französischer Kolonialherrschaft verweist – man erinnert sich: 1960 ging als Afrikanisches Jahr, als Schlüsseljahr der Dekolonisierung Afrikas, in die UN-Annalen ein, tobt der algerische Befreiungskrieg im sechsten Jahr –, ist der Name Dely Brahim eng mit deren Anfängen verbunden, als das erste »französische« Kolonistendorf überhaupt, wie Kaouther Adimi en passant erwähnt.

Dely Brahim: ein koloniales Pilotprojekt

Aber schauen wir kurz näher hin: Benannt ist der Ort nach Agha Ibrahim, dem Schwiegersohn von Algiers letztem Osmanenherrscher, Hussein Dey, der am 19. Juni 1830 in der legendären Schlacht von Staoueli – von Assia Djebar in ihrem historischen Roman *Fantasia* eindrucksvoll beschrieben – mit seinen Truppen gegen die französische Armada unterliegt.

Und wer hätte gedacht, dass die von Adimi erwähnten fünfzig Familien, die dieses erste Kolonistendorf besiedeln, aus … Deutschland stammen, aus Bayern, Württemberg, dem Rheinland? Ihr Auswanderungsziel war Nordamerika. Doch ein Schlepper lässt sie im Februar 1832 (immer der Februar!) im Hafen von Le Havre sitzen, und die französische Regierung, die dringend Siedler für Algerien sucht und gern arbeitsame Deutsche, Schweizer und Elsässer nimmt, leitet die Emigranten flugs um. Dreiundsiebzig deutsche Familien sind es insgesamt, die sich im Dezember 1832 in Dely Brahim und Kouba ansiedeln: als Kolonisten-Pilotprojekt der französischen Kolonisatoren.

Auf 6000 Personen sollte sich die deutsche Emigration nach Algerien – das zu jener Zeit drei Millionen Einheimische zählte – bis 1876 belaufen, in Dely Brahim gab es 1836 gar einen deutschen Sonntagsgottesdienst.[7] Und selbst wenn sich heute jede Spur dieser deutschen Siedlerpioniere verloren hat, die komplett in der Pied-noir-Population aufgegangen sein dürften, wäre es wohl denkbar, dass der algerische Staat an ebender Stelle, wo 150 Jahre zuvor deutsche Kolonisten Wein oder Weizen anbauten, jene Cité du 11-Décembre-1960 für verdiente Militärs hochziehen liess, in der Adimi die Kids zum Aufstand gegen die Generalität antreten lässt … intuitiv die Symbolkraft einer Stätte nutzend, der Eroberer mehrfach ihren Stempel aufdrückten, doch deren Name auch für Revolte und den Drang nach Freiheit und Neuanfang steht.

Insiderperspektive
1987 wurde die Cité errichtet, Kaouther Adimi, Jahrgang 1986 und Tochter eines algerischen Politologen und pensionierten Obersten, hat selbst dort gelebt.[8] Und weiss, worüber sie schreibt. Sie kennt ihr Sujet aus dem Effeff und inszeniert mit leichter Hand eine utopisch-unterhaltsame Politburleske, die die Lachmuskeln des Lesers heftig strapaziert und doch den Finger exakt auf die Blessuren und Traumata der algerischen Gesellschaft legt. Anekdotisch eingestreut: die Korruption der Generäle, die Kontroll- und Erpressungsmechanismen der Geheimdienste, die Machenschaften der Mächtigen.

Der Roman wirft erhellende Schlaglichter auf die Spielregeln der algerischen Polit-Finanz-Mafia. Adimi entwirrt scheinbar mühelos den legendären Filz, an dem die algerische Gegenwartsliteratur sich mehr als einmal abgearbeitet hat. Ihre lakonisch-nüchterne Erzählweise kommt ohne grosse Rhetorik aus, bringt komplexe Sachverhalte amüsant auf den Punkt und kann in der lapidaren Schilderung eigentlich haarsträubender sozialer Zustände von unwiderstehlicher Komik sein – die mitunter jäh in Betroffenheit umschlägt.

Gegen das verordnete Vergessen
Man denke nur an die Szene auf dem besetzten Bolzplatz, in der die Generäle die Kids nach ihren abwesenden Vätern fragen. Und hinter den Versagertypen tauchen jäh die anderen auf, die Invaliden und Toten der Schwarzen Dekade, wie die Väter von Mahdi oder Dschamil. In den *Dezemberkids* dominieren nicht zuletzt deshalb starke

Frauen, weil deren Männer, Väter und Söhne im Bürgerkrieg zwischen Islamistenmilizen und Polizeistaat zerrieben wurden.

Schon früh hat Algeriens Literatur die Schwarze Dekade thematisiert: in Form analytischer Essays (Rachid Boudjedra: *FIS de la haine,* 1992 [*Prinzip Hass,* 1993]), melancholischer Requiems (Assia Djebar: *Le blanc de l'Algérie,* 1995 [*Weisses Algerien,* 1996]) und jeder Menge Romanen, die etwa dem Schicksal der von den Islamisten verschleppten Frauen nachspüren (Leïla Marouane: *Le Châtiment des hypocrites,* 2001 [*Die Bestrafung der Heuchler,* 2005]), den Motiven islamistischer Selbstmordattentäter (Yasmina Khadra: *A quoi rêvent les loups,* 1999 [*Wovon die Wölfe träumen,* 2002]) oder den Verstrickungen zwischen Islamismus und Machtapparat, wie in Khadras populärer Algier-Trilogie, in der am Ende gar der Ermittler, Kommissar Llob, einem Attentat zum Opfer fällt.

Während die genannten Autoren und Autorinnen Zeitzeugen sind, Betroffene, Akteure, zwischen 1936 und 1960 geboren, schreibt Kaouther Adimi bereits im Rückblick, für eine andere Generation. Wer heute jünger als zwanzig ist, laut Statistik mehr als ein Drittel (37,5 Prozent) der mittlerweile 43,8 Millionen Algerier und Algerierinnen,[9] hat vom Terrorjahrzehnt nichts erlebt. Und wird, wenn es nach Präsident Bouteflika geht, nur wenig darüber hören.

Denn während Marokko (2004) und Tunesien (2014) Wahrheitsfindungskommissionen zur Aufarbeitung ihrer bleiernen Zeit (das Despotenregime König Hassans II. hier, die Diktaturen Bourguiba und Ben Ali dort) einsetzten, ist Vergangenheitsbewältigung in Algerien Fehlanzeige, baut die *Charta der nationalen Aussöhnung,* 2005 verabschiedet, auf Vergeben – und Vergessen.

Die Reaktion der Betroffenen bleibt nicht aus. »*Non à l'amnésie imposée!*«, »*Non au pardon imposé!*« und ähnlich lauten die Slogans, unter denen zahlreiche algerische Frauenverbände am 22. März 2006 zum Solidaritätsmarsch mit den Terroropfern des Schwarzen Jahrzehnts aufrufen. Das Datum, der 22. März, ist symbolisch gewählt, ist der Jahrestag einer gigantischen Antiterrorismusdemonstration, die sich ins kollektive Gedächtnis eingegraben hat, zu der bereits damals die algerischen Frauenverbände, couragierter als andere Vereine, 1994, auf dem Höhepunkt des blutigen Terrors, aufgerufen hatten.[10] Vereinzelte islamistische Attentate erschüttern auch in den Folgejahren noch das Land; einem fällt Dschamils Vater 2007 zum Opfer.

Bouteflika aber, um den inneren Frieden besorgt, verbietet im Jahr 2017 bei Androhung von Strafe Debatten über das Schwarze Jahrzehnt, erklärt Begriffe wie Bürgerkrieg oder gar Terrorismus in Bezug auf die »nationale Tragödie« – so die offizielle Sprachregelung – als tabu. Die franko-algerische Historikerin Karima Dirèche-Slimani spricht besorgt von »institutionalisierter Amnesie«[11]; Khaled Aït Sidhoum, einer von insgesamt fünf Psychoanalytikern in ganz Algerien, befürchtet eine wachsende Traumatisierung der algerischen Gesellschaft infolge Verdrängung.[12]

So gesehen, sind die *Dezemberkids* nicht nur ein hoffnungsvoller Zukunftsentwurf, sondern auch ein mutiges

Anschreiben gegen das Verdrängen und Vergessen. Kaouther Adimi, die schon in ihrem letzten Roman, *Was uns kostbar ist,* ein halb vergessenes Kapitel algerischer Zeitgeschichte entstaubt hat, indem sie Camus' legendärem Verlegerfreund Charlot in Algier ein literarisches Denkmal setzte, hat auch hier ganze Arbeit geleistet. Neben den eingestreuten biographischen Miniaturen sind das vor allem der *récit* im *récit,* sprich Adilas Tagebuch.

Der lange Marsch der algerischen Frauen

Adila, Jahrgang 1943, die von allen verehrte Mudschahida, Mutter der resignierten Jasmin, wohl 1979 geboren, Grossmutter der fussballernden Ines, die 2004 auf die Welt kam, gehört zu jenen Zigtausenden algerischer Frauen, die sich im achtjährigen Befreiungskrieg (1954–1962) gegen Frankreich in der nationalen algerischen Befreiungsfront, dem FLN, engagierten. Die wenigsten kämpften, wie Adila, mit der Waffe in der Hand, aber viele waren so blutjung wie sie, die sich, noch minderjährig und ohne Wissen ihrer Mutter, am 11. Dezember 1960 den Protesten anschloss und danach in den Untergrund ging.

Nicht nur im Maquis waren die Mudschahidat aktiv, auch als Verbindungsfrauen, Geldsammlerinnen, Sekretärinnen, Krankenpflegerinnen, Köchinnen, Spioninnen, Propagandistinnen und vieles mehr. Ihre Zahl geht in die Zehntausende, in Algerien, Frankreich, Tunesien.[13] Darunter auch die legendären »Feuerträgerinnen« *(porteuses de feu)* bzw. Bombenlegerinnen in den Cafés von Algier.

Berühmt wurden sie teils durch Prozesse, wie etwa die von Picasso porträtierte Djamila Boupacha (*1938), deren Anwältin, die grosse, erst neulich verstorbene Gisèle Halimi (1927–2020), mit Unterstützung von Sartre, Simone de Beauvoir und anderen die Folterverhöre der französischen Armee aufdeckte. Verfilmt wurde der Fall 2011: *Pour Djamila (Sie hat alles gestanden).* Aufwühlende Filmdokumente sind auch der 1966 an Originalschauplätzen vom italienischen Regisseur Gillo Pontecorvo gedrehte Klassiker *La battaglia di Algeri (Schlacht um Algier)* oder Assia Djebars Dokumentarfilm *La nouba des femmes du mont Chenoua (Die Frauen vom Berg Chenoua)* (1978), in dem sie, wie auch 2002 noch einmal in ihrem Roman *La femme sans sépulture* (*Frau ohne Begräbnis,* 2003) dem Schicksal einer Mudschahida aus dem Stamm ihrer Mutter nachspürt, der 1911 geborenen, 1957 von der französischen Armee exekutierten Zoulikha Oudaï.

Manche dieser Ikonen des Kampfes gegen den Kolonialismus, wie Zohra Drif (*1934) und Djamila Bouhired (*1935), tauchen im März und April 2019 an der Seite der algerischen Jugend wieder auf, demonstrieren bei den wöchentlichen *Hirak*-Protesten für Bouteflikas Rücktritt, machen sich für eine »zweite algerische Unabhängigkeit«, eine »Zweite Republik Algerien« stark.

Das wäre dann eine Republik, in der die algerischen Frauen gleichberechtigt sind und nicht lebenslänglich unmündig: von Vätern, Ehemännern, Brüdern oder Onkeln bevormundet. Denn, Adimi illustriert es am Schicksal Jasmins, im postkolonialen Algerien hat sich das Rad der Frauenemanzipation rasant rückwärts gedreht.

Waren bei der verfassunggebenden Nationalversammlung, im September 1962, noch zwölf von 196 FLN-Deputierten Frauen, allesamt verdiente Widerstandskämpferinnen,[14] sind in der zweiten Nationalversammlung, von 1964, nur mehr drei von 138 Abgeordneten weiblich.[15] Führungsposten für Frauen in der FLN-Hierarchie waren schon gar nicht vorgesehen. Jene, die die FLN-Kämpfer im Widerstand respektvoll-solidarisch »Schwestern« nannten, fühlen sich im jungen sozialistischen Algerien zunehmend von ihren »Brüdern« verraten.

Zwar schreibt Algeriens Verfassung von 1963 in den Artikeln 12 und 13 der Grundrechte, in Anlehnung an den *Code Napoléon,* die Gleichberechtigung der Geschlechter fest,[16] woran sich konstitutionell bis heute nichts geändert hat, doch wird parallel dazu im *Code de la famille,* dem 1984 erlassenen reaktionären Familiengesetz, gegen das die Mudschahidat 1966 und 1972 gemeinsam mit dem algerischen Frauenverband (UNFA) beim Revolutionsrat (1965–1979) – dem von Boumediene nach seinem Putsch gegen Ben Bella eingesetzten FLN-Regierungsgremium – noch erfolgreich Sturm gelaufen waren, die lebenslange Entmündigung der algerischen Frau festgeschrieben: »Polygamie, Halbierung des Erbanspruchs der Frauen und vor allem vollständige Unterwerfung der Frau unter ihren Vormund ...«[17] Der *»code de l'infamie«,* wie Algeriens Feministinnen ihn nur nennen, ist Zeugnis der zunehmenden Islamisierung einer ohnehin konservativen, patriarchalischen Gesellschaft und dem Geist der Scharia verpflichtet.

2005 wird der *Code* reformiert:[18] Seitdem dürfen algerische Ehefrauen ohne Einwilligung ihres Mannes ins Ausland reisen, doch Ungerechtigkeiten bei Erbrecht, Scheidungsrecht, elterlichem Sorgerecht bleiben bestehen, ebenso die Polygamie (neu nur: unter Einwilligung der Erst-Ehefrau), die einseitige Verstossung der Frau durch den Ehemann als eine mögliche Form von Scheidung und bei Eheschliessung die obligatorische Anwesenheit eines männlichen Tutors *(wali).*[19]

»... mineure à vie« – in dieser lebenslänglichen, im *Code de la famille* verankerten Unmündigkeit und den frauenfeindlichen Hasspredigten mancher Imame sieht die algerische Schauspielerin Nadia Kaci (*1970), die 1993 nach Paris emigrierte, die Ursachen dafür, dass männliche Gewalt an Frauen oft straflos bleibt,[20] wie 2001 die furchtbaren Pogrome von Hassi Messaoud, Algeriens grossem Erdölkomplex in der Sahara, zeigten.[21]

Hier hatte ein fundamentalistischer Imam zur Strafexpedition gegen die dort beschäftigten Frauen aufgerufen, die auf Jobsuche aus dem Nordwesten Algeriens zugezogen waren, um bei den ansässigen internationalen Ölkonzernen Arbeit zu finden: als Köchin, Putzfrau, Sekretärin. Doch für den Imam konnten diese alleinstehenden Frauen nur Prostituierte sein, eine Gefahr für die allgemeine Moral, per se mit dem Teufel im Bund, da sie ohne männlichen Beschützer lebten.

300 Männer aus allen Gesellschaftsschichten, Lebensmittelhändler, Angestellte, Nachbarn, folgten am 13. Juli 2001 dem Aufruf des Imams zur nächtelangen Hetz- und Lynchjagd auf Dutzende von Frauen, zum »Dschihad gegen den Teufel« ...[22] Nadia Kaci hat die Ereignisse mit zwei der neununddreissig Überlebenden, die es wagten, vor Gericht zu ziehen, im Buch *Laissées pour mortes* (2010) dokumentiert;[23] Saïd Ould-Khelifa, der Direktor des

Mittelmeer-Filmfestivals Annaba, drehte 2006 über diese Pogrome, die sich 2010 wiederholten, den Spielfilm *Vivantes!* (*»Lebend!«*).

Diese Atmosphäre der Beklemmung zeigt sich auch in den *Dezemberkids:* Hier ist es vor allem die emanzipierte Jasmin, studierte Juristin, alleinerziehende Mutter und moderne junge Frau, die sich bigotter Anfeindungen, machistischer Übergriffe und misogynen Getuschels im beruflichen und privaten Umfeld erwehren muss. Nach 1978 geboren, dem Jahr der Euphorie der Panafrikanischen Spiele, dem Jahr aber auch von Boumedienes Tod, lässt sich an ihrer Biographie gut verfolgen, wie patriarchalisches Denken im ehedem revolutionären Algerien ab den 1980ern zunehmend an Terrain gewinnt und dass das algerische Regime den Islamismus im Jahr 2002 vielleicht militärisch und politisch besiegt hat, doch bei weitem nicht dessen frauenverachtendes Gedankengut.[24]

Als die algerische Regierung am 30. Dezember 2015 dann ein Gesetz zum Schutz der Frauen vor häuslicher Gewalt in der Ehe erlässt – die Frauenverbände hatten massiv Druck ausgeübt,[25] im Roman ist es Mudschahida Adila, die sich diesbezüglich engagiert –, stösst das auf den heftigen Widerstand traditionalistisch-islamistischer Milieus. Konservative Abgeordnete sehen die algerische Familie in Gefahr, befürchten, westliche Werte könnten die Oberhand gewinnen ...[26] Algerische Feministinnen wiederum empfinden das Gesetz eher als Niederlage, da es eine »inakzeptable« Pardon-»Klausel«[27] enthalte, die den Weg Richtung Straflosigkeit eröffne, somit potentiellen Tätern schon im Vorfeld einen Freibrief ausstelle.[28]

Auch die sexuelle Belästigung von Frauen im öffentlichen Raum wird mit diesem Gesetz erstmals unter Strafe gestellt; auch hier hatten viele Deputierte zunächst heftig protestiert und nach einem Gesetz gerufen, das »sich provokant kleidende Frauen«[29] bestrafe.

Gruppenbild mit Damen

Dass in einem solchen Klima Gesetze zur Strafverfolgung frauenfeindlicher Gewalt überhaupt die Hürde des algerischen Parlaments passieren, mag nicht zuletzt daran liegen, dass Bouteflika den Parteien 2012 eine Frauenquote von 30 Prozent auferlegt hat. Tatsächlich schnellt die Zahl algerischer Parlamentarierinnen von 7,75 Prozent im Jahr 2007 auf 30,17 Prozent im Jahr 2012.[30]

Und dass ein solch von oben verordneter Schub in Richtung Frauenpower von Parteien jeder Couleur gern mal unterlaufen wird, wurde spätestens klar, als im Vorfeld der Wahlen 2017 auch schon mal gesichtslose Frauen im Hidschab auf den Wahlplakaten auftauchten, von den Medien bald nur noch *femmes-fantôme* genannt, die »Phantomfrauen«. Photoshop hatte es möglich gemacht …[31]

Mittlerweile aber lassen sie sich nicht mehr wegretuschieren, die algerischen Frauen, ob verschleiert oder nicht. Der *Hirak* hat zu einer neuen Dynamik geführt: »Wir sind da, unübersehbar, auf dem Gruppenbild des *Hirak*«,[32] konstatiert Fatma Oussedik nach einem Jahr Freitagsdemos. Die Soziologin der Uni Algier, die zur Feministinnengarde der 1970er gehört, ist Motor des Frauenkollektivs FACE (Femmes algériennes pour un changement vers l'égalité), das im März 2019 im Rahmen des *Hirak* die Taktik der *carrés féministes*[33] lanciert hat, »feministischer Karrees«, die in Algier, Oran, Constantine Freitag für Freitag vor Beginn der grossen Protestmärsche den Frauen ein Diskussionsforum bieten und sich trotz anfänglicher Widerstände, Anfeindungen, Einschüchterungsversuche in der kunterbunten Protestlandschaft, die sich quer durch die algerische Gesellschaft zieht, durchgesetzt haben.

Oussedik, Jahrgang 1949, ist Mitunterzeichnerin eines von landesweit siebzehn Frauenverbänden signierten Positionspapiers im Kampf für Gleichheit und Emanzipation, der Erklärung von Tighremt vom 21. Juni 2019.[34] Sie erfährt massive Unterstützung durch eine neue, sehr viel unbefangenere, sehr junge Frauengeneration, die die *décennie noire* nicht miterlebt hat und der es, so die algerische Stadtsoziologin Khadidja Boussaïd, die die Zusammenhänge von »Gender und Mobilität« erforscht, vor allem um eines geht: sich öffentliche Räume (zurück-)zu erobern, sich dort zu behaupten und frei zu bewegen, sexistischer oder anderweitiger Anfeindung zum Trotz …[35] (Ältere Leser und Leserinnen denken hier unwillkürlich an die Grande Dame der algerischen Literatur und Friedenspreisträgerin des Deutschen Buchhandels Assia Djebar, deren grosses Anliegen in ihren Romanen der 1960er und 1980er Jahre ebendas war.)

Und jede Wette: Auch die im Roman elfjährige Ines würde heute im *Hirak* mitmarschieren, im Meer der rund zwei Millionen Studierenden Algeriens,[36] von denen knapp zwei Drittel Frauen sind.[37] Sie wäre unüberhörbar, nicht zu übersehen: im feministischen Diskussionskarree, das als Versuch algerischer Frauen gilt, »die Geschichten, die ihre Körper erzählen, zu ihren eigenen zu machen«[38] …

Denn ein Mädchen auf einem Fussballfeld, das andere Jungs und eine komplette Revolte dirigiert – in einem öffentlichen Raum par excellence! – und dann noch ein ganzes Land mitreisst, wie symbolträchtig ist das denn! Utopisch? Phantastisch? Völlig neben der Spur? Oder visionär, wie Literaturkritiker meinen?[39]

»Von den Rängen auf die Strasse«

Fussball sei so ein wahnsinnig emotionaler Sport, sagt Kaouther Adimi, an dem sich Leidenschaften entzündeten, der sehr politisch werden könne und der sie gerade deshalb als literarisches Sujet so reize. Überhaupt müsse man nur einen Blick auf die Historie des algerischen Fussballs werfen, dann verstehe man sehr schnell, wie wichtig er in der Geschichte und Kultur Algeriens ist.[40]

Und tatsächlich gehen Revolten und politische Umstürze in Algerien in der Regel von den Fussballstadien aus. Seit fast hundert Jahren, so der algerische Politologe Youcef Fatès,[41] seien Algiers Stadien Resonanzböden für die politischen und sozialen Forderungen der Bevölkerung. Einst gingen aus den Reihen algerischer Fussballklubs, wie des Mouloudia (gegr. 1921) oder der USM Algier (gegr. 1937), die »Märtyrer der Befreiung« hervor. Und auch heute, bald sechzig Jahre nach der Unabhängigkeit, sei der »Geist des sozialen Widerstands und des antikolonialen Kampfs« in den Fanklubs noch immer höchst vital. Die Fans seien der Funke, durch die der *Hirak* auf die Strasse übergesprungen sei, die den Antiregimeprotesten seit dem 22. Februar 2019 eingeheizt hätten.

Wie das? Durch ihre Gesänge! Der Song eines Fanklubs, *La Casa del Mouradia,* eine ätzende Abrechnung mit zwanzig Jahren Bouteflika-Regime, im April auf YouTube[42] eingestellt, war im Nu über fünf Millionen Mal angeklickt und avancierte alsbald zur Hymne des *Hirak,* schon beim ersten Protestmarsch am 22. Februar. (Aktuell, kleiner Faktencheck: über neun Millionen Klicks.)

Algerien ist ein extrem junges Land, 45 Prozent aller Bewohner und Bewohnerinnen sind unter fünfundzwanzig, 30 Prozent aller Sechzehn- bis Vierundzwanzigjährigen arbeitslos, da treffen die Stadiongesänge einen Nerv. Und wie bei den Demos auf dem Tahrir-Platz in Kairo 2011, dem Taksim-Platz 2013 in Istanbul sind auch die Ultras von Algiers Fussballklubs – 2007 hatten sich dort mit den Verde Leone die ersten Ultras gegründet – sowohl treibende als auch ordnende Kraft bei den Freitagsmärschen des *Hirak,* die bisweilen folkloristischen Charakter annehmen.

»Können einige Dutzend Kids
gegen ein ganzes System rebellieren?«

Die Termini, in denen der algerische Soziologe Saïd Belguidoum die Atmosphäre dieser Freitage beschreibt, als Momente »kollektive(r) Kreativität«, einer »freudigen Revolution«, in der sich »Feierstimmung mit offensiven Losungen« verbinde: »ziviler Staat, kein Militärstaat«, »Nein zu den Generälen«,[43] lassen sich bemerkenswerterweise eins zu eins auf das Szenario der revoltierenden *Dezemberkids* übertragen, wie Kaouther Adimi es in ihrem Roman skizziert.

Ganz so, als reflektiere die Autorin, literarisch schon sehr zugespitzt, aber dadurch nur umso prägnanter, wie im Brennglas, was in Algerien schon seit längerem in der Luft liegt, als sei der *Hirak* durch die Freitagsmärsche nur offensichtlicher geworden, habe die algerische Gesellschaft aber längst schon ergriffen.

Die Bilder und Szenen rings um den besetzten Bolzplatz und ihre rasante Verbreitung durch die sozialen Medien illustrieren ein Algerien im Aufbruch zu einer neuen Zivilgesellschaft, der quer durch die Gesellschaft all jene mitreisse, die, so Belguidoum, »einen neuen Gesellschaftsvertrag, eine neue Gesellschaft einfordern«,[44] einen Aufbruch, den der Soziologe als »Ergebnis eines Generationenbruchs« sieht, der »eine neue Zeitrechnung« einleite.[45]

Die Diskussionen im Buch – zwischen Jussef, 1996 geboren, und seinem Vater, dem frühpensionierten Obersten Mohamed, Jahrgang 1960, die Gespräche aber auch zwischen Oberst Mohamed und dessen Freund, Oberst Scherif – illustrieren diesen Bruch. In einem Land, in dem nur noch 9 Prozent der Bevölkerung sechzig oder älter sind und 87 Prozent die Unabhängigkeit gar nicht mehr miterlebt haben, sei dem klassischen Narrativ, mit dem das Regime soziale Proteste bisher geknebelt habe, der »grossen historischen Erzählung, die ein Schuldverhältnis aller Staatsbürger gegenüber den nationalen Befreiern entwarf«, einfach »der Atem ausgegangen«.[46]

Und die gewaltfreie, fröhliche Rebellion der *Dezemberkids* nimmt quasi den »Bruch mit der ›Kultur der Gewalt‹« vorweg, die als »Erbe der Epoche des Befreiungskrieges« bisher noch alle »sozialen und politischen Bewegungen« seit 1962 geprägt habe, sagt Belguidoum.[47]

Wie auch immer der *Hirak* ausgehe, die »gewaltige Woge«, die die Bewegung trage, deren gemeinsamer Nenner die Forderung nach einem Rechtsstaat sei, zeige schon jetzt, so seine Prognose, »dass Algerien nie mehr so sein wird wie zuvor«.[48]

Momentan gewährt Corona dem algerischen Regime allerdings eine Atempause, um mit Verhaftungen und Strafanzeigen den *Hirak* vielleicht doch noch einmal niederzuschlagen. Und selbst das, ebenso wie das doch sehr wahrscheinliche weitere Aufbegehren der jungen Algerier und Algerierinnen, scheint Adimi am Ende des Romans, der aller Tage Ende nicht ist, mit dem trotzigen Schwur von Ines, Dschamil und Mahdi vorwegzunehmen.

Der irdene und der eiserne Topf

Aber irgendwo schon ein Kampf wie David gegen Goliath, diese Kinder gegen das Generalsregime, oder etwa nicht? Sagen die Medien. Sagt die Kritik.

Kaouther Adimi kontert mit einer Fabel von La Fontaine, die sie keck gegen den Strich interpretiert. Beim Fabeldichter geht bekanntlich der irdene Topf zu Bruch, als der eiserne ihn auf holpriger Strecke rammt. Anders in Algerien, wie Adimi es sieht. Der eiserne Topf sei alt und hohl, brüchig und rostig, zu nichts mehr gut. Der irdene aber, oho: prall gefüllt, vital und lebensfroh, hoffnungsvoll und enthusiastisch.[49]

Gewiss ein robuster Tontopf aus Nordafrikas roter Erde, und hier und da gibt die Erzählerin etwas von seinem Inhalt preis, streut aus dem kichernden Mund der Verrückten mit dem hennaroten Haar, die wie ein anarchischer Irrwisch durch die Seiten geistert und den Generälen bis ans Grab keine Ruhe lässt, subversive Scherze ein.

Und wer weiss, ob hinter jener rätselhaften, die Phantasie so vieler Autorinnen, von Leïla Sebbar bis Hélène Cixous, beflügelnden Wilden Frau, deren Legende den Auftakt der *Dezemberkids* bildet, nicht auch ein weiblicher Archetyp Algeriens steckt, eine leidgeprüfte Mater dolorosa …

Auch bei Mohammed Dib (1920–2003), dem visionären Grandseigneur der algerischen Literatur, dessen Verse Adimi ihrem Roman voranstellt, erscheint Algerien als Frau – als mythische Hüterin ihres Volkes in Zeiten des Umbruchs. Es kann nicht schaden, mit ihren/seinen Worten im Ohr aus diesem Buch zu gehen …

> Ich ziehe über die Berge / Wo der Frühling erwacht /
> Duftende Gräser ausstreut / … /
> Und überdecke mit meinem Gesang / Die
> Schreckensrufe der Zeit.[50]

Regina Keil-Sagawe
Heidelberg, im August 2020

Anmerkungen

1 Arezki Metref. »Sie sind viele, und sie sind laut«. In: *Le Monde diplomatique,* 12.12.2019, monde-diplomatique.de/artikel/!5647179; siehe auch den Bericht des algerischen Autors und Journalisten Mustapha Benfodil zu den zusätzlichen Dienstagsdemos der Studierenden, »Ils ont marché de la place des martyrs à la place Audin: Le souffle généreux des étudiants«. In *El Watan,* 12.6.2019, elwatan.com/edition/actualite/ils-ont-marche-de-la-place-des-martyrs-a-la-place-audin-le-souffle-genereux-des-etudiants-12-06-2019.
2 Vgl. Saïd Belguidoum. »Der Hirak und die Krise des neopatrimonialen Systems in Algerien. Auf dem Weg zu einer zweiten Unabhängigkeit?«. In: *Sozial.Geschichte Online* 27 (2020), S. 181–205, hier S. 204, duepublico2.uni-due.de/servlets/MCRFileNodeServlet/duepublico_derivate_00071843/10_Belguidoum_Hirak.pdf.
3 youtube.com/watch?v=irME00-FQIE.
4 Sabah Kemel Kaddouri. »Coup de Cœur Littéraire: Le Roman Prémonitoire de Kaouther Adimi«. In: *Forbes,* 11.10.2019, forbes.fr/lifestyle/coup-de-coeur-litteraire-le-roman-premonitoire-de-kaouther-adimi.
5 facebook.com/Cit%C3%A9-11-d%C3%A9cembre-1960-Dely-Ibrahim-Alger-1529727707345795; aus einem Bericht der algerischen Zeitung *Liberté* vom 3.10.2016 geht hervor, dass die Proteste nach achtmonatigem Rechtsstreit erneut aufflammten, nachdem ein Gericht die Eingabe der Anwohner abgewiesen hatte (liberte-algerie.com/actualite/dely-ibrahim-protestation-des-residents-de-la-cite-du-11-decembre-255833).
6 Sabah Kemel Kaddouri, a. a. O.
7 Jean-Maurice Di-Costanzo. »L'émigration allemande en Algérie de 1830 à 1890«. In: *Cercle algérianiste,* cerclealgerianiste.fr/index.php/archives/encyclopedie-algerianiste/categorie-origines/origines-autres/36-l-emigration-allemande-en-algerie-de-1830-a-1890.
8 Jean-François Schwab. »Quand les enfants font de la résistance«. In: *Le Temps,* 8.9.2019, letemps.ch/culture/enfants-resistance.
9 populationpyramid.net/fr/algérie/2020.
10 Siehe »Anniversaire de la marche du 22 mars contre le terrorisme«. In: *El Watan,* 22.3.2006, elwatan.com/archives/actualites/anniversaire-de-la-marche-du-22-mars-contre-le-terrorisme-22-03-2006.

11 Pierre Desorgues. »Algérie: la ›décennie noire‹, une mémoire interdite«, 6.12.2018, information.tv5monde.com/afrique/algerie-la-decennie-noire-une-memoire-interdite-274639.
12 Pierre Daum. »Mémoire interdite en Algérie«. In: *Le Monde diplomatique,* août 2017, S. 8f., monde-diplomatique.fr/2017/08/DAUM/57773.
13 Siehe Wikipedia-Artikel »Femmes algériennes pendant la guerre d'Algérie«, fr.wikipedia.org/wiki/Femmes_algériennes_pendant_la_guerre_d'Algérie.
14 Vgl. »Liste des députés de l'Assemblée Constituante 1962«, apn.dz/fr/les-membres/ancienne-legislature/liste-des-deputes-de-l-assemblee-constituante-1962/140-les-membres-de-l-apn-ancienne-legislature/264-liste-des-deputes-de-l-assemblee-constituante-1963.
15 Vgl. »Liste des députés de l'Assemblée Nationale 1964«, apn.dz/fr/les-membres/ancienne-legislature/liste-des-deputes-de-l-assemblee-nationale-1964.
16 *Constitution du 10 septembre 1963,* mjp.univ-perp.fr/constit/dz1963.htm.
17 Baya Gacemi. »Der lange Marsch der Frauen«. In: *Le Monde diplomatique,* 17.10.1997, monde-diplomatique.de/artikel/!3204729.
18 Siehe Wikipedia-Artikel »Code de la famille (Algérie)«, fr.wikipedia.org/wiki/Code_de_la_famille_(Algérie).
19 Vgl. Leïla-Anne Ouitis. »Generation der Frauen ohne Angst«. In: *graswurzelrevolution* 445, Januar 2020, graswurzel.net/gwr/2020/01/generation-der-frauen-ohne-angst.
20 Vgl. Wikipedia-Artikel »Code de la famille (Algérie)«, a. a. O.
21 »Die Hölle von Hassi Messaoud: Gewalt gegen algerische Frauen«, 27.5.2010, n-tv.de/politik/dossier/Gewalt-gegen-algerische-Frauen-article891841.html.
22 Vgl. Wikipedia-Artikel »Affaire des femmes violentées de Hassi Messaoud«, fr.wikipedia.org/wiki/Affaire_des_femmes_violentées_de_Hassi_Messaoud.
23 Rahmouna Salah, Fatiha Maamoura. *Laissées pour mortes. Le lynchage des femmes de Hassi Messaoud.* Témoignages recueillis par Nadia Kaci. Paris 2010.
24 Zur Situation der Frauen in Algerien von den 1970er bis 1990er Jahren siehe auch den Erfahrungsbericht von Sabine Kebir. *Algerien. Zwischen Traum und Alptraum.* Düsseldorf [2]1995; zur Lage in den Folgejahren vgl. Donata Kinzelbach. *Algerien – ein Land holt auf!* Mainz 2015.
25 Siehe Mégane Ghorbani. »Combattre les violences faites aux

femmes en Algérie: mobilisations et défis«. In: *AWID,* 2.12.2015, awid.org/fr/nouvelles-et-analyse/combattre-les-violences-faites-aux-femmes-en-algerie-mobilisations-et-defis.

26 Siehe Nadia Lamlili. »Législatives en Algérie: la place des femmes au Parlement, toute une bataille …«. In: *Jeune Afrique,* 20.4.2017, jeuneafrique.com/431144/politique/legislatives-place-femmes-parlement-algerien-toute-bataille.

27 Leïla-Anne Ouitis, a. a. O.

28 Keltoum Ben. »Algérie. Les droits des femmes, beaucoup reste à faire«. In: *A l'encontre,* 8.2.2018, alencontre.org/afrique/algerie/algerie-les-droits-des-femmes-beaucoup-reste-a-faire.html.

29 »Des députés algériens veulent une loi contre les femmes qui s'habillent de façon ›provocante‹«. In: *Algérie Focus,* 4.3.2015, algerie-focus.com/2015/03/des-deputes-algeriens-veulent-une-loi-contre-les-femmes-qui-shabillent-de-facon-provocante.

30 Siehe Nadia Lamlili, a. a. O.

31 Ebd.

32 Frédéric Bobin. »A Alger, les féministes donnent de la voix dans le Hirak«. In: *Le Monde,* 7.3.2020, lemonde.fr/afrique/article/2020/03/07/a-alger-les-feministes-donnent-de-la-voix-au-sein-du-hirak_6032180_3212.html

33 Wikipedia-Artikel »Carré féministe«, fr.wikipedia.org/wiki/Carré_féministe.

34 Ein Küstenort östlich von Algier, wo die Frauenverbände vom 20. bis 22. Juni 2019 tagten. Die *Déclaration des femmes algériennes en lutte pour l'égalité et l'émancipation* im Wortlaut: *El Watan,* 27.6.2019, elwatan.com/edition/actualite/declaration-des-femmes-algeriennes-en-lutte-pour-legalite-et-lemancipation-27-06-2019.

35 Vgl. Frédéric Bobin, a. a. O.

36 Vgl. »Algérie: Plus de 60% des étudiants sont des filles«, algerie1.com/societe/algerie-plus-de-60-des-etudiants-sont-des-filles.

37 Vgl. Saïd Belguidoum, a. a. O.

38 So das Fazit des *Le Monde*-Berichterstatters zum weiblichen Hirak: Frédéric Bobin, a. a. O.

39 So der marokkanische Autor und Kritiker Salim Jay, der das Erscheinen des Romans *Les petits de Décembre,* der die massiven algerischen Jugendproteste antizipiert, im Sender TV5Monde als *»miracle«* bezeichnet: *Maghreb-Orient Express,* 11.10.2019, youtube.com/watch?v=yXqUbHM7dEQ.

40 Vgl. Sabah Kemel Kaddouri, a. a. O.

41 Youcef Fatès. *Sport et politique en Algérie.* Paris 2010; im Folgenden stets zit. nach: Mickaël Correia. »Von den Rängen auf die Strasse«. In: *Le Monde diplomatique,* 9.5.2019, monde-diplomatique.de/artikel/!5590817.

42 youtube.com/watch?v=kHZviPhZQxs.

43 Saïd Belguidoum, a.a.O., S.202.

44 Ebd., S.184.

45 Ebd., S.198.

46 Ebd., S.200f.

47 Ebd., S.201.

48 Ebd., S.203.

49 Siehe Sabah Kemel Kaddouri, a.a.O.

50 Mohammed Dib. »Ombre gardienne«. 1961. Deutsch: »Schattenfee«. Aus dem Französischen von Regina Keil-Sagawe. In: *Warenmuster, blühend.* Sammlung zeitgenössischer Prosa. Hrsg. von Alexandra Stäheli und Florian Vetsch. Frauenfeld 2000.

Kaouther Adimi im Lenos Verlag

Steine in meiner Hand
Roman
Aus dem Französischen von Regina Keil-Sagawe
180 Seiten, broschiert
LP 211
ISBN 978 3 85787 811 4

»Adimi erzählt ebenso eindringlich wie erfrischend von einer jungen Frau, die zwischen den Lebenswelten diesseits und jenseits des Mittelmeers um ihre Eigenständigkeit ringt.«
Basler Zeitung

Kaouther Adimi im Lenos Verlag

Was uns kostbar ist
Roman
Aus dem Französischen von Hilde Fieguth
224 Seiten, gebunden, mit Schutzumschlag
ISBN 978 3 85787 485 7

»*Was uns kostbar ist* berichtet hautnah und anschaulich aus dem Leben eines leidenschaftlichen, unerschrockenen Verlegers, den allein die Freiheit des Wortes und die Schönheit der Literatur interessierten. Kaouther Adimi gelingt es in ihrem beeindruckenden Roman, die vielen Fäden, Zeitebenen und Perspektiven ihrer Geschichte in einem winzigen Ladenlokal in der Altstadt Algiers zusammenlaufen zu lassen.«
Westdeutscher Rundfunk

Amjad Nasser
Wohin kein Regen fällt
Roman
Aus dem Arabischen von Regina Karachouli
307 Seiten, gebunden, mit Schutzumschlag
ISBN 978 3 03925 001 1

»Dieser unwiderstehliche Roman verändert seine Gestalt in einem fort, vom akademischen zu einem lyrischen Sound, von der Romanze zum Slapstick.«
The Guardian

Leila Aboulela
Minarett
Roman
Aus dem Englischen von Irma Wehrli
340 Seiten, gebunden, mit Schutzumschlag
ISBN 978 3 03925 005 9

Minarett erzählt eindrücklich und aufschlussreich von Migration, sozialem Abstieg und von der religiösen Gemeinschaft als Heimat und Ort der Unabhängigkeit. Eine überraschende, provokative Emanzipationsgeschichte, die einen Sturm in der englischen Presse auslöste.

»Aboulela zeichnet ein faszinierendes Bild des interkulturellen Zwists.«
The Independent

Julie Otsuka
Als der Kaiser ein Gott war
Roman
Aus dem Amerikanischen von Irma Wehrli
189 Seiten, gebunden, mit Schutzumschlag
ISBN 978 3 85787 499 4

»Sie sind Japaner. Das reicht. Das reicht, um sie zu Feinden zu machen, um sie auszugrenzen, zu schmähen, zu entrechten. Eindrucksvoll schildert Otsuka, was es mit Menschen macht, wenn sie diskriminiert werden, weil sie zufällig an einem bestimmten Ort auf der Welt geboren wurden. Wenn Herkunft zum Makel wird. Fragen, die weit über den zeitlichen Kontext des Buches hinausweisen, die heute so drängend sind wie damals.«
Weser-Kurier

LENOS POLAR – SPANNUNG MIT LITERARISCHEM ANSPRUCH

Éric Plamondon
Taqawan
Roman
Aus dem Französischen von Anne Thomas
208 Seiten, Softcover
ISBN 978 3 03925 004 2

Taqawan, so nennen die Mi'gmaq den Lachs, der zum ersten Mal in den Fluss seiner Geburt zurückkehrt. Éric Plamondon verwebt die Geschichte der Kolonisation Ostkanadas mit den Legenden der Mi'gmaq und ihrem Ringen um Eigenständigkeit.

»Ein wahnsinniger Roman, brillant, mitreissend, zuweilen frösteln machend, ein Abenteuer in der Tradition von Jack London, Herman Melville und Joseph Conrad.« *La Cause littéraire*